LA MORT
DE CATON,
OV
L'ILLVSTRE DESESPERE'

TRAGEDIE.

Sur l'Imprimé.

A PARIS,

Chez CARDIN BESONGNE, au haut de la montée
de la S. Chapelle, aux Roſes vermeilles.

M DC. XLVIII.

ACTEVRS.

IVLE CESAR.

LVCIVS *neueu de Cesar.*

CATON.

BRVTVS.

PORTIVS, *fils de Caton.*

MAGNVS)

SEXTVS)   *fils de Pompée.*

STATILLIVS, *Seigneur Romain.*

MARTIA, *femme de Caton.*

PHILANTE, *sa suiuante.*

CORNELIE, *vefue de Pompée.*

IVLIE, *sa suiuante.*

PETROLE, *Esclaue de Caton.*

La Scene est dans Vtique, au
Palais de Caton.

LA MORT DE CATON,

OV

L'ILLVSTRE DESESPERE,

TRAGEDIE.

ACTE I.

SCENE PREMIERE.

CORNELIE, IVLIE, CATON.

CORNELIE.

Nfin Pompée est mort par la main d'vn
  perfide,
Et sa femme a souffert ce cruel parricide,
Sans pouuoir l'empescher & mesme sans
  mourir,
Par les cruelles mains qui nous l'ont fait perir?
Ton infortune, ô Rome! apres ces grands desastres,
Ne doit rien esperer ny du sort, ny des astres,
Ton malheur procedant des plus cruels destins,
Te fera bien tost voir la perte des Latins,

A

Tu t'en dois affurer, puis que le cœur d'vn homme
N'eft plus pour fouftenir les interefts de Rome,
Et le mal qui me tuë en ces communs malheurs,
C'oft que pour me vanger c'eft trop peu que mes pleurs.

CATON.

Vous auez vn Caton qui iour & nuict foûpire,
Pour la moit de Pompée & l'honneur de l'Empire,
Et pendant qu'il viura, Rome a droict d'efperer,
Que de tous fes malheurs il la peut retirer;
Pour abatre l'orgueil d'vn fuperbe aduerfaire,
Il n'eft pas à fçauoir ce que fa main doit faire.

CORNELIE.

Ie crôy que tous les Dieux s'irritent contre nous,
Et qu'il faut fe refoudre à fouffrir leur courroux:
Cefar à fes defirs a le deftin profpere,
La victoire le fuit où fon courage efpere;
Pharfale a defià veu quelle eftoit fa valeur,
Il braue la fortune autant que le malheur;
Et Rome a peu d'efpoir parmy ce trifte orage,
De pouuoir s'exempter de fon prochain naufrage.

CATON.

Ie feray recognoiftre auec combien de foin,
I'embraffe fa deffence & la fers au befoin:
Defià des bons foldats la campagne eft femée,
Nous efperons beaucoup des Chefs de noftre armée,
Scipion & Iuba fecondent nos deffeins,
Vne belle efperance anime les Romains;
Vuidant vn different qui nous retient en doute,
Pour combatre Cefar ils vont prendre leur route.

CORNELIE.

Dieux! quel empefchement vient encor nous troubler?

CATON.

de confequence, & l'on le doit celer;

Vne heure & tout du plus demandé mon silence;
Et pout l'aller vuider donnez-m'en la licence.

CORNELIE.

Prenez-la de vous mesme & d'vn cœur genereux,
Rendez nous, s'il se peut, nostre estat plus heureux,
Que chacun prenne peine à faire des miracles
Malgré tous les efforts des plus puissans obstacles;
Et pensez que Pompée est encor parmy vous.

CATON.

Nous auons à vanger l'Empire & vostre espoux,
Et si les Dieux ont soin de la grandeur Romaine,
Nous la verrons encor pompeuse & souueraine.

CORNELIE.

Ay-je assez de vertu pour meriter des cieux
Vn effet qui despend de la bonté des Dieux?

SCENE II.

CORNELIE, IVLIE.

CORNELIE.

Vons-nous le pouuoir de brauer la fortune,
Lors que sa cruauté la rend trop importune?
Quoy! le cœur d'vne femme auroit assez d'effort
De vouloir resister contre les loix du sort?
Veu que le plus souuent les testes couronnées
Tombent sous les rigueurs des fieres destinées.
Ayant perdu Pompée, à quoy bon s'amuser?
Pensant vanger sa mort, ie me laisse abuser,
Son malheureux destin dans son desastre extrémé
N'a point craint de rauir vne part de moy mesme,
Et toutefois on voit contre nostre amitié

A ij

Viure vne part d'vn tout fans fon autre moitié,
Ma foibleffe en eft caufe, & trop irrefoluë,
Ie ne peux fur moy-mefme eftre affez abfoluë,
Mais cognoiffant ma perte, & la peine où ie fuis,
Pourquoy ne pouuoir pas terminer mes ennuis?
Pompée, il faut encor que ta vertu m'anime,
Pour offrir à ta gloire vne illuftre victime:
Si tu vis dans mon cœur, ne fouffriras-tu pas
Que pour reuiure au tien i'auance mon trefpas?
Si la mort te permet d'auoir quelque penfée
De celle qui pour toy fe trouue intereffée,
Ne l'accufes-tu point d'vne foible amitié,
De rechercher fi peu fa plus chere moitié?
Il n'en faut pas douter, ma faute eft trop extréme,
De viure fi long-temps comme hors de toy-mefme,
Ie deurois m'efforcer par de puiffans efforts
De trouuer ton efprit ayant perdu ton corps.
Mais qui peut m'empefcher de terminer ma vie?
Si i'en ay la puiffance auffi bien que l'enuie,
Perfonne ne le peut, ainfi ie dois bien-toft
Entrer dans le tombeau qui te retient enclos.

           IVLIE.

Vn lâche defefpoir combat voftre conftance,
Mais ne vous perdez pas faute de refiftance:
C'eft dans les grands perils qu'vn efprit combatu
Doit faire recognoiftre en quoy gift fa vertu.
Si vous aimez Pompée ayez vn grand courage,
Pour tirer la raifon de fon funefte outrage,
Monftrez-vous genereufe à brauer le hazard,
Sa mort fe doit vanger par celle de Cefar.
Que diroit voftre efpoux dans la demeure fombre,
Si toft qu'il cognoiftroit Cornelie, ou fon ombre,
Sans doute fi les morts ont du reffentiment,
Il en fera paroiftre auecque eftonnement;
Ie vous laiffe à penfer quel fera fon reproche,

Et s'il ne fuyra pas voſtre premiere approche,
Ingrate (dira-t'il) ne me deuois-tu pas,
La perte de Ceſar pluſtoſt que ton treſpas?
Caton n'auoit-il plus ny de cœur ny d'eſpée,
Pour vanger la patrie & la mort de Pompée?
Et ne deuois-tu pas ſeconder ſes deſſeins
Autant pour mon malheur que celuy des Romains,
Regarde que ta perte offuſque ton eſtime,
Et que ton proceder n'eſt pas bien legitime;
Ainſi i'ay grand ſujet d'euiter ton abord,
N'ayant pas eu le cœur d'auoir vangé ma mort.

CORNELIE.

Ton diſcours me ſurprend, t'appelant ma conſtance,
Ie reueille en mon ame vn reſte d'eſperance:
Mais qui pourroit ſçauoir ſi quelques bons deſtins
Voudront prendre party du coſté des Latins?
Pharſale les a veus dans le ſang & les larmes,
Où Ceſar triomphoit par ſes iniuſtes armes,
Charmante illuſion qui vient flater mon cœur,
Iuſqu'à croire qu'on peut terraſſer ce vainqueur,
Ne tromperas-tu point l'eſprit de Cornelie?
I'ay ſujet d'en douter, Rome eſtant affoiblie,
La voyant partagée, ah! qui de ſes enfans
Rendra par ſa valeur ſes deſtins triomphans?

IVLIE.

Cette crainte apparente où voſtre cœur ſe fonde,
Ne doit point eſtonner que le commun du monde,
Vne ame genereuſe employe auec du ſoin
Ce qu'elle a de valeur dans ſon plus grand beſoin,
Il faut que vous changiez de courage & de termes
Pour faire agir icy des vertus bien plus fermes;
Voyez quel intereſt vous engage en ce point,
D'entreprendre beaucoup, & de ne craindre point,
Que Rome en ſes malheurs ou ſe leue, ou ſuccombe,

Il faut qu'vn des partis vainque, & que l'autre tombe,
Et si l'on ne peut pas la guerir autrement,
Il faut bien se resoudre à cét euenement;
Ainsi le corps malade a besoin de saignées.

CORNELIE.

Ah, tristes incidens ! estrange destinée!
Puisque pour terminer l'excez de nos malheurs,
Il faut mesler du sang encore auec nos pleurs,
Sans sçauoir si le Ciel d'vne douceur proprice,
Nous fauorisera si prés du précipice,
Ou si sa prouidence autant que le hazard,
Veulent à nos despens fauoriser Cesar.

IVLIE.

On remarque souuent par des effets contraires
Qui sont les accidents des armes journalieres:
Tel triomphe aujourd'huy qui demain combatu
Pour maintenir sa gloire il manque de vertu.
Cesar estant vainqueur des combats de Pharsale,
Peut auoir la fortune en son progrez fatale;
Pompée a succombé plustost par vn malheur
Que par aucun defaut de force & de valeur,
Et si sa destinée eust esté plus prospere,
Asseurément son gendre eust vaincu le beau-pere,
Pharsale n'ayant pû déterminer son sort,
L'Egypte n'a pas craint de resoudre sa mort;
Son Monarque insolent, sans cause legitime
En a fait à Cesar vne illustre victime;
Ptolomée est coupable encor plus que Cesar,
Faisant ce que n'a pû la guerre & le hazard,
Et si ce Roy barbare eust secondé sa gloire,
Vostre espoux à son tour auroit eu la victoire,
La volonté des Dieux en dispose autrement,
Toutefois esperons vn autre euenement:
Caton estant viuant, vous auez plus d'vn homme,

Pour tirer la raison de Pompée & de Rome,
Peut-estre que Cesar poursuiuant son bon-heur,
Vient, mais pour perdre icy la victoire & l'honneur,
Si la fortune aueugle a resolu sa perte,
L'Empire aura bien-tost sa gloire reconuerte,
Ce perfide abatu d'vn genereux effort,
Esprouuera sa fois les caprices du sort,
Si vostre ame a desir de plaire au grand Pompée,
Il faut dans ce dessein là tenir occupée,
Pour faire offrir Cesar aux Manes d'vn espoux,
Et noyer dans son sang vostre iuste courroux.
D'autre part si Caton triomphe en nostre armée,
Nous irons dans l'Egypte, & vaincrons Ptolomée,
Et son trône esbranlé par vn dernier combat
Croulera sous les pieds d'vn lâche Potentat,
Et s'il tombe en vos mains, vostre iuste colere
Portera vos enfans à bien vanger leur pere.

CORNELIE.

Voilà de beaux exploits dignes à raconter,
Combatre de la sorte, on n'y peut resister:
Oüy, Cesar est vaincu, l'on surprend Ptolomée,
Et l'Egypte desia succombe à nostre armée,
Nostre Rome triomphe, & des peuples submis
Suiuent par tout ses chars comme ses ennemis:
Victoire imaginée, & conquestes friuoles,
Qui n'ont point d'autre bruit qu'au vent de tes paroles,
Puis que ce grand vainqueur n'a que trop de vertu,
Pour maintenir son sort, s'il se voit combatu,
Ainsi nostre esperance a peu de certitude.

IVLIE.

Vostre raison s'emporte à trop d'inquietude,
Esperons des destins des progrez bien meilleurs.

CORNELIE.

Si nous voyons encore accroistre nos malheurs,

Qui pourra resister contre leur violence?

IVLIE.

Le Ciel vous armera de force & de constance,
Pour choisir vne route en de tels accidens,
Et suiure les aduis des hommes plus prudens.

CORNELIE.

Ie le veux esperer, quoy qu'vne rude atteinte
Me donne moins d'espoir que de peur & de crainte,
Dans la peine où ie suis. . . Mais voicy mes enfans,
Qui des Dieux les rendra tout à fait triomphans?
I'attens de la fortune vne faueur prospere,
Pour vanger mon espoux, l'Empire & vostre pere.

SCENE III.

SEXTVS, MAGNVS, CORNELIE, IVLIE.

SEXTVS.

LE sang que nous portons conserue vne chaleur,
Qui fera recognoistre vne illustre valeur:
Estans fils de Pompée, il est facile à croire,
Que nous ne ferons rien d'indigne de sa gloire,
Scipion est choisi pour le chef des Romains,
Iuba seconde aussi les genereux desseins,
Nous, de la mort d'vn pere ayans l'ame animée,
Esperez vn succez digne de nostre armée.

CORNELIE.

Que Caton eust mieux fait, selon mon iugement,
I'eusse esperé de luy quelqu'autre euenement,
Cét homme incomparable a bien plus de prudence,
La conduite d'vn chef vaut mieux que la vaillance.

MAGNVS.

MAGNVS.

Nos guerriers le vouloient, & d'vne mesme voix
Ils en ont au Conseil conclu le iuste choix,
Et chaque Capitaine aspiroit que cét homme
Print le gouuernement des affaires de Rome,
L'attachant tout à fait pour nostre liberté:
Scipion en sa place en a l'auctorité,
Estant vice-Consul le droit de preference
L'emporte d'vn Preteur sans nulle resistance;
On voit que cét esprit ne s'interesse en rien
Que dans les interests qui touchent nostre bien.

CORNELIE.

Puisse le Ciel propice & comme ie l'espere,
Porter vostre courage à vanger vostre pere,
Et que Rome opprimée anime vos vertus
Pour voir ses ennemis tout à fait abatus:
Mais cependant Caton n'aura-t'il rien à faire,
Contre l'iniuste orgueil d'vn perfide aduersaire?

MAGNVS.

Vtique est son employ : ses soins de toutes parts
L'occupent tout entier desia sur les ramparts;
Et malgré le Conseil il rempare vne ville
Où Cesar trouuera sans doute son azile,
En faueur de Iuba chacun auoit conclu
Sa demolition si Caton l'eust voulu;
Pour le ressentiment de la mort de Pompée
On vouloit la passer par le fil de l'espée,
Mais ce cœur pitoyable a des ressentimens,
Qui nous feront du tort parmy ces mouuemens.
Souuent les premiers coups sont des coups de tonnerre,
Qui decident bien-tost le destin d'vne guerre,
Et l'ennemy s'estonne en voyant à ses yeux
Le sang de son party qui coule en mille lieux:
Pendant que la pitié luy donne des alarmes,
Nous allons faire voir les efforts de nos armes.

Brauans noftre infortune & l'orgueil de Cefar,
Sans craindre les perils qui fuiuent le hazard,
Ainfi l'on cognoiftra que le fang de Pompée
Nous porte à le vanger auec Rome vfurpée,

SEXTVS.

Sa perte nous oblige à ces nobles deffeins,
Auec nos interefts la gloire des Romains,
Nous preffe puiffamment d'aller dedans l'armée
Acquerir des lauriers & de la renommée.

CORNELIE.

Allez, mes chers enfans, & d'vn bras glorieux
Attaquez l'ennemy, reftez victorieux;
Si le Ciel fauorife auiourd'huy ma requefte,
I'ofe vous affurer d'vne illuftre conquefte.
Mais mon cœur s'attendrit en voulant vous quitter,
La raifon & l'amour viennent m'inquieter,
Souffrez que la tendreffe abandonne vne mere
Puis que la raifon veut qu'on vange voftre pere,
Elle parle en mon ame & fait taire l'amour,
Ie luy dois ce refpect de regner à fon tour,
Et fi quelque pitié me donne des alarmes,
Elle arrefte auffi-toft mes foûpirs & mes larmes,
Et fait croire à mon cœur qu'en dépit du hazard,
Vous allez triompher du deftin de Cefar.

SCENE IV.

MAGNVS, SEXTVS.

MAGNVS.

O Voy qu'vne illuftre ardeur me rende tout de flâme
Le foûpçon & la crainte inquietent mon ame,
Et i'ay peine à fçauoir d'où prouient cette humeur,
Qui coule dans mon fang & la glace & la peur;

La generofité qui me donne l'enuie,
D'expofer pour l'Eftat & mon fang & ma vie,
Semble m'abandonner, & mon cœur eperdu,
Auant que de combatre eftime tout perdu.

SEXTVS.

Vn efprit genereux refifte à ces attaintes,
Et braue abfolument toutes fortes de craintes,
Vous fçauez quels motifs nous portent au combat,
La mort de noftre pere & l'honneur de l'Eftat,
Doiuent nous animer tellement le courage,
Qu'il faut refter vainqueurs dans ce fanglant orage.
La fortune inconftante aime affez à changer,
Le deftin de Cefar eft proche de danger,
Peut-il monter plus haut auec fes artifices?
Il eft fur le panchant de mille precipices,
Son ame criminelle a de puiffans remords,
Il craint également les viuans & les morts,
Il ne fçait où fuyr fur la terre & fur l'onde,
Il a peine a trouuer quelque refuge au monde:
S'il va dans les Enfers, s'il monte dans les Cieux,
Il eft par tout hay des hommes & des Dieux,
Agité de la forte il eft peu redoutable,
Ie penfe qu'à foy-mefme il eft épouuentable,
Et comme vn Promerée & les iours & les nuicts,
Son ame fe confomme en d'eftranges ennuis.
Allons, s'il faut mourir, chercher nos funerailles,
Au front des efcadrons & parmy les batailles:
La mort eft glorieufe en de pareils hazards,
On ne peut mieux mourir que dans le champ de Mars,
Mais fi quelqu'vn des Dieux rend noftre fort profpere,
Vangeons tout à la fois l'Empire & noftre pere.

MAGNVS.

Ie n'ay point de fouhait qui ne vife à ce poinct,
Et quoy que ie m'étonne on ne me verra point

Amusér dauantage à mes inquietudes,
Ie combats puissamment ces attaques si rudes?
La resolution l'emporte à cette fois,
Il nous faut signaler par de nobles emplois,
Et faire recognoistre où nostre gloire aspire,
Vangeant le grand Pompée & deffendant l'Empire.

SEXTVS.

Puisse donc tous les Dieux seconder nos destins,
Tant pour nostre interest que celuy des Latins:
Que Rome encore vn coup conçoiue vne esperance
De releuer sa gloire & mesme sa puissance,
Mais nous perdons le temps en discours superflus,
L'occasion nous presse.

MAGNVS.

Allons, n'en parlons plus.

SCENE V.

BRVTVS, CATON.

BRVTVS.

IE ne sçay si la crainte attaque son courage,
Et s'il prénoit l'effet d'vn trop sanglant orage,
Où si quelque faintise esclost l'inuention,
Pour mieux nous déguiser sa vaine ambition.
Sans doute il poursuiura tout à fait sa carriere,
N'attendons pas de luy qu'il retourne en arriere,
L'orgueil qui le conduit luy flatte trop le cœur
Pour produire vne chose indigne d'vn vainqueur;
Mais ne nous rendons pas à ces belles paroles,
Amusons son courrier par des delais friuoles,
Cependant la bataille en son dernier effort,
Apprendra quel party plaist dauantage au sort.

CATON.

Ma resolution s'accorde auec la vostre,

Si les Dieux sont pour nous, oüy ! la victoire est nostre,
Tant de vaillans Romains jaloux de leur grandeur,
Produiront des exploits dignes de leur ardeur,
Et l'interest de Rome est vne illustre amorce
Pour donner à leur cœur la vaillance & la force,
De releuer vn trône à demy renuersé,
Et d'affermir l'Estat puissamment trauersé.

BRVTVS.

En tout cas si le Ciel redouble nos desastres,
S'il ne nous veut plus voir qu'auec ses mauuais astres,
Vtique a des ramparts, & nous de la valeur,
Pour donner de l'obstacle à ce nouueau malheur.

CATON.

Nous pouuons l'arrester du moins plus d'vne année,
Cette ville est bien forte, & toute enuironnée
De fossez, de ramparts, bastions & dehors,
La vaillance a le soin de courir sur les forts,
Les magasins sont plains, & de viures & d'armes,
Nous sommes assistez de plusieurs bons gendarmes,
Qui ne manqueront pas de generosité,
Pour deffendre leur gloire & nostre liberté:
Parmy tant de secours prenons plus d'assurance,
Vn Heros est vainqueur s'il en a l'esperance,
Deuant que de combatre à son seul démarcher,
Il fait paroistre assez qu'il s'en va triompher.

BRVTVS.

Ces mesmes sentimens vont me faire resoudre,
De voir briller l'esclair, sans redouter la foudre,
Quoy qu'il puisse arriuer de gloire ou de malheur,
Ne trahissons iamais nostre illustre valeur,
Opposons nos lauriers au tonnerre, à l'orage,
Monstrons dans les perils quel est nostre courage,
Si le sort se courrouce encore contre nous,
Faisons que la vertu mesprise tous ses coups.

CATON.

Vne ame genereuse en tout temps s'esuertuë
De releuer sa gloire estant trop combatuë;
Mais quand le Ciel s'en mesle & veut nous accabler,
Le cœur le plus constant s'estonne & doit trembler!
Subissons les rigueurs d'vne aueugle fortune
Si dans certe occurence elle est trop importune,
Mais tentons les effets . . .

BRVTVS.

Quels effets?

CATON.

Du hazard,
Premier que de nous rendre au pouuoir de Cesar,
Où va Statyllius?

SCENE VI.

STATILLIVS, CATON, RBVTVS.

STATILLIVS.

VN Courrier à la porte,
De la part de Cesar, de nouueau vous apporte
Sa resolution ; mais ie n'ay pas voulu
Agir dans ce sujet d'vn pouuoir absolu:
Ie deffere à vos soins les coup de la prudence;
Pour me reseruer ceux qui suiuent la vaillance,
Aduisez sur ce fait de me donner pouuoir,
Où de le rebuter, ou de le receuoir.

CATON.

Courriers dessus Courriers, nouuelles sur nouuelles,

Doiuent inquieter les plus sages ceruelles,
Pour moy ie suis d'auis, qu'en vn sujet pareil
L'affaire s'en decide auec tout le Conseil.

BRVTVS.

Conforme à vostre auis, il faut qu'on delibere
S'il fait bon suiure l'ordre & croire vn aduersaire,
Allons pour en resoudre, vn tel euenement
Merite qu'on y pense auec du iugement.

ACTE II.

SCENE PREMIERE.

MARTIA, PHILANTE, CORNELIE, IVLIE,

MARTIA.

Sans doute on voit assez que Celar est en peine,
Il se trouue esblouy de la grandeur Romaine,
Et tout prest de combatre il se trouue estonné,
Ne sçachant à quel point le Ciel la destiné.
Quoy Rome, autois-tu bien la force & l'auantage
De releuer ta gloire apres ce triste orage?
Le peut on esperer? ah! Dieux, dites le moy,
Soulagez en ce point ma crainte & mon effroy?
Mais quand cela seroit, Rome estant partagée,
Ne peut beaucoup gagner sans se voir outragée,
La victoire pour elle augmente son malheur.

CORNELIE.

Cruels euenemens qui choquent sa grandeur,
Et qui feront cognoistre à la race future
Le desplorable estat de sa triste aduanture;

Que doit on esperer parmy tant de combats,
Si Rome en se leuant tombe aussi tost en bas,
Nos mesmes Citoyens d'vne fureur brutale
S'en vont ressusiter les malheurs de Pharsale,
Et sans considerer la gloire de leur sang,
Ils s'en vont de leurs mains s'ouurir leur propre flanc,
Iustes Dieux ! leur fureur prepare en ces batailles,
D'vn Estat affoibly les tristes funerailles,
La patrie agitée a droit de redouter,
Ce carreau foudroyant si proche d'esclatter,
Et le plus grand malheur qui menace sa teste,
C'est que des deux costez elle craint la tempeste,
Du party de Cesar elle attend des horreurs,
Du nostre, en succombant, des souspirs & des pleurs,
Le vainqueur, le vaincu dans ces tristes batailles
Deschireront tous deux son cœur & ses entrailles,
Puis qu'on ne peut pas voir ses destins triomphans
Que parmy les malheurs de ses propres enfans.

MARTIA.

Cornelie, on voit bien qu'on a beaucoup à craindre,
Et iusqu'à quel danger Cesar nous veut contraindre,
Il a beau desguiser sa rage & ses desseins,
Il en veut, mais sans doute, au destin des Romains,
Rome, c'est ta grandeur qui cause ta ruine,
Tu ne craignois pas tant dedans ton origine,
Ie croy pour le certain que tes prosperitez
Font vne bonne part de tes aduersitez:
Ton sort fait des jaloux, & tout ton aduantage,
Ne sert qu'à t'opprimer chaque iour dauantage,
Ce tyran qui t'afflige auroit bien moins d'ardeur,
Si la fortune auoit moderé ta grandeur.

CORNELIE.

Quoy que Cesar pratique, on tire en consequence
Qu'vn desir de regner l'attache à sa puissance,

N' 4ye

N'ayant plus de Pompée à choquer ſes deſſeins,
Rome eſt preſte à tomber ſous l'effort de ſes mains,
Et bien que le Senat ſemble reprendre haleine,
Pourroit-il recouurir ſa pompe ſouueraine,
Sa grandeur languiſſante auec ſa majeſté,
S'en vont dans cét orage eclipſer leur clarté?
Iniuſte conquerant, modere ton genie,
Adoucis ton courroux, borne ta tyrannie,
Vien declarer ton crime & ton lâche attentat,
Aux pieds de Cornelie & deuant le Senat;
Ie perds le ſouuenir de la mort de Pompée,
Si de noſtre intereſt ton ame eſt occupée,
Sans te rendre abſolu deſſus nos Citoyens,
Par vn motif barbare & de ſanglans moyens,
Mais c'eſt nous abuſer d'vne attente friuole,
Puis qu'on ſçait que l'orgueil eſt ſa plus chere idole,
Premier que d'abaiſſer ſon ſort ambitieux
Il verroit deſſus luy tomber le feu des Cieux.

MARTIA.

Ie flotte en ces perils comme vne nef ſans voile,
Qui ne peut dans la nuit deſcouurir ſon eſtoille,
Et malgré la tempeſte elle oſe preſumer,
De trouuer ſon ſalut, proche de s'abyſmer.
Ie flatte mon eſprit, & ie me fais accroire,
Que le deſtin nous doit bien plus d'vne victoire,
Retournant en moy-meſme & conſultant mon cœur,
Ma reſolution ſuccombe à la douleur.
Si i'ay de l'eſperance, au meſme temps la crainte
Produit dedans mon ame vne faſcheuſe attainte,
Si mon eſprit s'emporte à quelque deſeſpoir,
La raiſon me ramene aux loix de mon deuoir,
Dans ces diuers tranſports, & parmy tant de doutes,
Mon ame a de la peine à bien choiſir ſes routes,
Et ie ſuis obligée & les iours & les nuits
De gemir ſous le faix d'vne foule d'ennuis,

CORNELIE.

De plus preſſans malheurs agitent ma penſée,
Voſtre ame à mon égal n'eſt pas intereſſée,
La mort d'vn cher eſpoux m'afflige au dernier point,
Et i'ay mille tourmens que voſtre cœur n'a point.
Quand ie penſe à Pompée, il faut que ie confeſſe,
Que mes yeux ſont teſmoins de ma grande triſteſſe,
Et d'autre coſté Rome eſt vn ſujet puiſſant,
Qui redouble mon mal d'vn tourment languiſſant,
Ie reſſens deux vaultours déchirer mes entrailles,
Sans pouuoir auancer mes triſtes funerailles;
De la part de Pompée, ah! que dois-je eſperer
Si-non que de me perdre à force de pleurer,
Et quoy que ma miſere eſtonne la nature,
Qui peut auoit pitié de ma triſte auanture?
Rome eſt pareillement l'objet de mes douleurs,
Ie verſe à ſon regard (on le voit) bien des pleurs,
Son deſaſtre à tous coups fait que mon cœur ſoûpire,
Et mon mal eſt ſi grand, que i'ay peine à le dire,
Dans tant d'aduerſitez i'auoüé ingenuëment
Que ie pers ma conſtance auec mon iugement.
Il eſt vray que voſtre ame en ces ſujets de craintes
Peut s'affliger beaucoup par ces rudes attaintes,
Mais Caton vous conſole, & ſa douce amitié
Partage les douleurs de ſa chere moitié:
Ainſi ſi voſtre peine eſt dans vn point extréme,
Vous trouuez de la joye en celuy qui vous ajme,
Mais ie n'eſpere rien dans mes aduerſitez,
Ie n'oſe plus penſer à mes proſperitez,
De toutes parts le mal m'attaque & m'enuironne,
Ma conſtance à ce coup s'ébranle & m'abandonne,
Faiſant reflexion ſur mes triſtes malheurs,
Ie ne peux arreſter la ſource de mes pleurs.

MARTIA.

Chacun reſſent ſon mal, en vain ie m'éuertuë,

De foulager le mien qui m'afflige & me tuë,
Ie fuccombe aux douleurs, & i'ay trop peu d'effort
Pour écarter de moy les rigueurs de mon fort.
I'apperçois que Caton reuient d'vn foin fidelle,
Confoler nos trauaux d'vne heureufe nouuelle,
Que le Ciel fauorable à nos plus beaux defirs,
Donne quelque relafche à tant de defplaifirs.

SCENE II.

CATON, MARTIA, CORNELIE, PHILANTE, IVLIE.

CATON.

CEfar noüs fait fçauoir par vn nouueau mefage,
Le motif qui le porte à voir finir l'orage,
Il eft las, ce dit-il, de voir rougir fes mains,
Dans le fang genereux des plus nobles Romains,
Et regrette la mort de fon gendre Pompée,
Qui n'eft pas vn effet...

CORNELIE.

Helas!

CATON.

De fon efpée,
Luy-mefme dans l'Egypte a penfé fuccomber,
Mais les Dieux l'ont fauué tout proche de tomber,
Son Monarque barbare auoit encor l'enuie,
D'offrir à fa colere & fa gloire & fa vie;
Mais ce Prince aduerty de cette lâcheté,
A fait paroiftre affez fa generofité,
Ptolomée a feruy d'vne illuftre victime,
Pour purger dans fon fang la noirceur de fon crime,
Photin l'a deuancé d'vn infame trefpas,

Le mesme est arriué du perfide Acillas:
Ces traistres Conseillers ont souffert le supplice,
Et Cesar a fait voir quelle estoit sa Iustice.
Ie vous donne vn motif d'auoir moins de courroux,
Puis qu'il a sçeu vanger la mort de vostre espoux,
Apres ce tesmoignage il faut estre Romaine,
Afin que la douceur l'emporte sur la haine,
Ie croy qu'il vous regarde auec moins de pitié,
Que d'amour, & son cœur cherchant vostre amitié
Recognoît vos beautez, & commande à son ame,
De se laisser toucher d'vne amoureuse flâme.

CORNELIE.

Passez legerement sur vn si mauuais pas,
Ce discours me surprend, mesme ne me plaist pas,
Ah! Caton, vous sçauez où la douleur me blesse.

MARTIA.

Bien souuent le plaisir succede à la tristesse.

CATON.

Penetrer les desseins de cét ambitieux,
N'appartient qu'à l'esprit sage & iudicieux:
Apres tout il pretend iustifier sa cause,
Et se rendre innocent du fait qu'on luy suppose,
C'est à nous de l'entendre en ses pretentions,
Et de le receuoir dans ses submissions;
Mais ie crains qu'il n'employe & la feinte & la ruse,
Et qu'en ce proceder…

CORNELIE.

     Sans doute il vous amuse,
Il n'est que trop certain qu'il doit estre suspect,
Cesar n'est pas vn homme a rendre du respect,
Gardez quelque surprise, & sur la defiance,
Faites-luy tousiours voir quelle est vostre prudence,
Il pense m'appaiser par vn estrange effet,
Pour se rendre innocent de tout ce qu'il a fait:

Son esprit est grossier d'inuenter tant de rules,
Et mon ame auroit tort de croire ses excuses,
Hors de mes interests, qui se voudroit fier,
Qu'vn semblable dessein le pûst iustifier?
Non, quoy qu'il puisse dire, & quoy qu'il puisse faire,
Ie suiuray les motifs de ma iuste colere,
Ie ne m'arreste pas dessus vn compliment,
Il faut bien d'autre chose à mon ressentiment,
En quelque lieu qu'il soit des climats de la terre,
Ie declare à sa vie vne immortelle guerre;
Qu'il monte sur les Cieux, qu'il descende aux enfers,
I'employeray contre luy les flâmes & les fers,
Et ma haine implacable estant presqu'infinie,
N'aura iamais de trefue auec sa tyrannie.
Il monstre qu'il n'a pas l'esprit bien deslié,
De croire qu'vn espoux soit si tost oublié,
Cornelie est tousiours iustement occupée,
A chercher les moyens de vanger son Pompée,
Faites paix auec luy, rendez vous ses sujets,
Approuuez la rigueur de ses lâches projets,
Que Rome l'auctorise en tout ce qu'il desire,
Qu'il se rende absolu du destin de l'Empire,
Ie seray genereuse, & d'vn noble attentat,
I'iray le poignarder moy-mesme en plain Senat.

CATON.

Cette illustre colere est digne de vostre ame,
Et ie voudrois brûler d'vne aussi belle flâme,
Ie pense auec raison qu'vn Estat malheureux,
Rencontre vn grand secours dans vn cœur genereux,
Mais ie mesle vn reproche auec vostre loüange,
Voyant iusqu'à quel point la passion vous range,
Vous rendez criminels tous vos meilleurs amis,
Et croyez que Cesar les a desia submis,
Cette erreur vous transporte & vous deuriez croire,
Que Rome a plus de soin de conseruer sa gloire.

Nous écoutons Cesar, mais comme humilié,
J'obserue assez souuent son esprit deslié,
Et sur tous ses projets portant l'intelligence,
Ie descouure à peu prés quelle est son insolence,

CORNELIE.

A moins que d'estre Dieux, vous ne sçaurez iamais,
Si son ame desire ou la guerre ou la paix,
Mais dans son proceder ie voy bien que cét homme,
Desire absolument l'autorité de Rome,
Du depuis que Pompée est au nombre des morts,
Il s'est fait redouter par ses cruels efforts,
Feignant de se submettre au vouloir de l'Empire,
Il cache aux moins rusez où son orgueil aspire,
Mais on verra bien-tost où se porte son cœur,
Si dans cette bataille il reste le vainqueur.

CATON.

Nous n'auons rien conclu touchant cette matiere,
Vtique à ses projets seruira de barriere,
Pour conseruer encor les grandeurs de l'Estat,
Nous suiurons les aduis des Dieux & du Senat;
Croiriez-vous que Caton eust si peu de courage,
De pouuoir viure & voir Rome dans l'esclauage,
Il porte dans le cœur trop de fidelité.
Pour vouloir condescendre à cette lâcheté,
Assurez vous sur moy que Cesar & ses ligues,
Se verront terrassez sous l'effort de nos brigues,
Et bien loin d'obeyr à ses pretentions,
Ie m'oppose tout seul à ses ambitions,
Premier que de l'entendre en sa moindre deffence,
Nous voulons qu'il se range à nostre obeyssance,
Le croyant criminel, il faut, comme sujet.
Qu'il rende compte icy de tout ce qu'il a fait,

MARTIA.

En ce cas, Cornelie, il faut borner vos plaintes,

Et donner quelque trefue à vos viues attaintes,
Le Senat s'intereffe à vanger voftre efpoux,

CORNELIE.

Son proceder ne peut moderer mon courroux,
Quoy qu'on reuere affez fes foins & fa prudence,
De mon reffentiment ie prens la confidence,
Et ie n'ay point d'efpoir dans la peine où ie fuis,
De trouuer vn remede à borner mes ennuis;
Qui pourroit confoler la pauure Cornelie,
Et donner du relafche à fa melancolie?
Pompée, attire-moy fi tu peux dans le Ciel,
Pour affranchir mon fort d'vn tourment fi cruel,
Ie ne cognois que toy, fi ta valeur m'efcoute,
Qui puiffe m'enfeigner ce phare & cette route,
Ne laiffe plus fouffrir ta plus chere moitié,
Regarde mes malheurs d'vn regard de pitié,
C'eft tromper mon efprit d'vne vaine efperance,
De penfer de ta mort obtenir la vangeance.

CATON.

I'ay droit de vous blâmer voyant ce defefpoir,
Et vous doutez beaucoup d'vn genereux pouuoir?
Quoy! fommes nous vaincus pour parler de la forte,
Voyez en quel erreur la paffion vous porte,
Et pour vous affurer dans ces efmotions,
Allez voir de Céfar…

CORNELIE.
Quoy?
CATON.

Les fubmiffions,
Ce papier nous les monftre, & vous pourriez cognoiftre
Les defirs de fon ame en lifant cette lettre.

CORNELIE.

Ah! que pourrons-nous voir s'il fe mofque de nous,

CATON.

La plainte & les regrets qu'il fait de voftre efpoux?

CORNELIE.

Dois-je adjoufter creance à des difcours friuoles?

CATON.

Efperez quelque chofe au fens de fes paroles,
Et prenez de la peine à les bien confulter,
Il fçait l'art tres-parfait de feindre & de flatter:
Brutus furuient icy, nous allons par enfemble,
Penfer plus d'vne fois de ce qu'il nous en femble.

SCENE III.

BRVTVS, CATON.

BRVTVS.

C Aton, il nous faut voir parmy tant de rigueurs,
Si noftre proceder peut finir nos malheurs,
Accorder à Cefar la fin de fa requefte,
N'eft pas le vray moyen d'accoifer la tempefte,
Il feroit à propos qu'il fe rendift fubmis,
Sans fe rendre cruel plus que nos ennemis,
Voyant qu'il continuë à renforcir fes armes,
Nous deuons redouter quelques triftes alarmes,
Le tenant pour fufpeët, ie croy pour le certain.
Qu'il vient nous commander, mais l'efpée en la main.

CATON.

Suiuons de point en point noftre ordre & nos maximes
Voyant que fes raifons font fi peu legitimes:
En matiere d'Eftat, doit on pas reprouuer,
Ce qu'vn iufte intereft ne doit point auoüer?
Ie regarde encor Rome en fa pompe ordinaire,
Et ie ne peux aimer qui s'en rend aduerfaire,

Si Cefa

Si Cesar par faintise agit dans ʃes projets,
Pourquoy vouloir traitter ou de trefue ou de paix?
Peut-eʃtre que larmée eʃtonne ʃon courage,
Et qu'il craint de perir dans ce ʃanglant orage.
Sans doute il voit deʃia deuant ʃes pauillons,
L'Aigle qui ʃert de guide à tous nos bataillons:
Mais ce qui peut cauʃer nos douleurs & nos peines,
C'eʃt que nous combattons les nations Romaines,
Ces nobles Senateurs, nos parent, nos amis,
Il faut qu'ils ʃoient vaincus ou bien nous voir ʃubmis:
C'eʃt l'ordre du deʃtin touchant cette occurence,
Il faut qu'vn des partys rende l'obeyʃʃance.
Ah! que dis-je, ô Cesar, iamais ta vanité,
N'impoʃera des loix déʃʃus ma liberté,
Et ie proteʃte aux Dieux autant qu'il m'eʃt poʃʃible,
Que ie ʃeray touʃiours dans vn point inflexible,
Quoy qu'il puiʃʃe arriuer du coʃté du hazard,
Ie reʃiʃte ʃans ceʃʃe aux projets de Cesar.

BRVTVS.

Ma generoʃité doit ʃeconder vn homme,
Qui veut viure & mourir pour l'intereʃt de Rome:
La reʃolution que ie remarque en vous:
Me rend de voʃtre gloire & riual, & jaloux:
I'enuie vn tel courage, & ma valeur doit ʃuiure,
Vn Heros qui me montre vn exemple à bien viure,
Et ʃur ces meʃmes pas, ie veux regler les miens;
Pour eʃpargner la vie à nos Concitoyens;
Le ʃoin de la patrie eʃt vn teʃmoin fidelle,
Qui fait paroiʃtre aʃʃez l'ardeur de voʃtre zele,
Et quiconque vous ʃuit & vous peut imiter,
Eʃt ʃans doute Romain, & s'en peut bien vanter.

CATON.

Cesar n'a pas ce droit, puis que ʃon ame eʃpere,
De ranger ʃous ʃes loix le deʃtin de ʃa mere,

D

Mais la gloire & l'honneur d'estre de ses enfans,
Ne conuiendront iamais à des Princes tyrans,
Il perd cét aduantage, & puis que sa puissance,
Veut que l'Empire soit sous son obeyssance.

BRVTVS.

Renuoyons son nepueu pour mieux luy tesmoigner,
Que Rome est encor Rome, & qu'elle veut regner,
Et que dans sa conduite elle fait assez croire,
Qu'elle a trop de moyens pour maintenir sa gloire,
Sans doute on a raison de le tenir suspect,
Il trahit son deuoir autant que son respect,
Et dans cette insolence où le porte l'audace,
Il ne peut esperer de faueur ny de grace;
Rompons la conference, & que dés aujourd'huy,
L'orage esclatte & fonde auec fureur sur luy,
Et prions que les Dieux employent plus d'vn foudre,
Pour reduire l'orgueil de ce tyran en poudre,
Afin que son desastre apprenne à nos Romains,
Que l'Empire repugne à voir des souuerains.

CATON.

Ie croy que ce guerrier nous pourra bien apprendre,
S'il a quelque dessein de nous vouloir surprendre.

SCENE IV.

STATYLLIVS, CATON, BRVTVS.

STATYLLIVS.

Ovy sans doute il le veut, n'en doutez nullement,
Attendez vous d'en voir le triste éuenement,
Me rendant pour l'Estat genereux & fidelle,
Ie ne dois pas permettre vne brigue nouuelle;

On fait courir vn bruit qui doit vous eftonner.

CATON.

Et quel bruit?

STATYLLIVS.

Lucius.

CATON.

Que fait il?

STATYLLIVS.

Mutiner
Beaucoup de nos foldats, & de là ie prefage;
Qu'on verra fur Vtique efclatter tout l'orage;
Si la chofe eft certaine à quel point fommes nous?

BRVTVS.

Animons nos deffeins d'vn genereux couroux,
Et quoy que l'artifice inuente & puiffe faire.
Préuenons les projets de ce lâche aduerfaire.

CATON.

Qui peut croire cela, fi la commiffion
Nous fait voir l'ennemy dans la fubmiffion,
Sa lettre de creance eft vn vray tefmoignage,
Du deffein principal où fon oncle l'engage.

SLATYLLIVS.

Soyez plus aduifez dans ce fait important,
Redoutez dauantage & ne croyez pas tant,
Empefchons les effets de ces nouuelles brigues?
Par de fages confeils & de puiffantes ligues:
On commence à préuoir d'éftranges accidens,
Cefar trompe au dehors, Lucius au dedans,
Et fous vn beau-femblant qu'il fait icy paroiftre,
Il fait des actions & d'vn lâche & d'vn traiftre.
Ie ne dois pas m'en taire, icy de tous coftez,
Grand nombre de foldats n'ont que des lâchetez,
Chaque troupe refifte aux loix de la milice,

Et peruertit son cœur d'vne estrange malice,
Que doit-on redouter de ce commencement,
Qu'vn desordre confus dans son éuenement;
Cesar estant vainqueur perdez toute esperance,
De faire contre luy sa moindre resistance,
Le moyen de la faire ayant dans nos ramparts,
Vn homme qui nous braue & suit de toutes parts,
Remarquant les deffauts qui sont dans cette ville,
Il va faire vn escueil d'vn fauorable azile,
Pensez à ce desordre il en est bien saison,
Et détournez l'effet de cette trahison.

BRVTVS.

Ie ne suis pas trompé de cette procedure,
I'en ressens dans mon ame vne attainte assez duré,
Et i'ay peine à penser comme l'on a permis,
Ce proceder estrange auec nos ennemis;
Mais la faute estant faite, allons à son remede,
Pour rompre le dessein d'où le malheur procede.

CATON.

Nous sommes bien deceus parmy nos plus grands soins,

STATYLLIVS.

Il ne faut pas se rendre en de pareils besoins,
C'est icy qu'il nous faut auoir de la constance,
Et monstrer à Cesar beaucoup de resistance:
Agissons par sagesse autant que par valeur,
Pour ne s'abysmer pas dans ce nouueau malheur;
La chose est bien facile, & sans vous mettre en peine,
Empeschons tout à fait l'esmotion soudaine,
Que Lucius retourne, & ne le souffrons plus,
Ses diuers entretiens sont du tout superflus.

BRVTVS.

Puis que Cesar differe à vouloir comparoistre,
Disons que Lucius fait l'action d'vn traistre,
Et sans prester l'oreille à tant de vains propos,

Agiſſons pour l'Empire & pour noſtre repos,
Laiſſons faire l'armée & celuy qui la guide,
Scipion n'eut iamais le courage timide,
Brutus oſe aſſurer qu'il ſçait bien que ſon cœur
Employera ſes efforts pour demeurer vainqueur.

CATON.

Renuoyons ſes courriers auecque diligence,
Et prenons du Senat vne autre intelligence,
Pour faire voir par tout que la fidelité.
Nous porte à maintenir Rome & ſa liberté.

ACTE III.
SCENE PREMIERE.

CATON, STATYLLIVS.

CATON.

C Eſt peut-eſtre vn faux bruit qui court parmy la ville
STATYLLIVS.
Ma creance en ce point n'y voit rien de facile:
Mais quoy qu'il en puiſſe eſtre, vn genereux effort,
M'apprendra comme il faut brauer vn mauuais ſort.
CATON.
On n'en veut pas à vous, l'eſclat de la tempeſte,
Quoy qu'il vous faſſe peur, recherche vne autre teſte,
Ceſar qui me cognoît de ſon deſtin jaloux,
Ne choiſit que la mienne à lançer ſon courroux;
Sur ce cruel projet ſon ame eſt occupée,
Il faut joindre ma perte à celle de Pompée,
Sa cruauté le veut, les Dieux en ſont d'accord,
Et moy ie me diſpoſe aux rigueurs de mon ſort.

STATYLLIVS.

Il faut perdre la vie apres que mon courage,
Aura de ma valeur donné du tesmoignage,
Si l'armée est deffaite, & que tout soit perdu,
Cesar aura bien-tost ce qu'il a pretendu?
Vn coup de desespoir fait souuent des miracles,
Quiconque est resolu mesprise les obstacles,
C'est dans les grands perils qu'vne illustre vertu
Releue auecque gloire vn courage abatu.
C'est parmy les hazards qu'il faut changer de termes,
Et les occasions rendent nos cœurs plus fermes,
La moindre lâcheté doit s'esloigner d'vn cœur,
Qui desire affronter vn superbe vainqueur:
Ie croirois de me rendre en tout point ridicule,
Si ie manquois d'auoir la valeur d'vn Hercule,
Dans l'estat où ie suis mon destin glorieux,
Oseroit attaquer les hommes & les Dieux.
Quand ie verrois sur moy fondre plus d'vn tonnerre,
Et trembler sous mes pieds les climats de la terre,
Sans démentir en rien ma gloire & mon effort,
Ie ne craindrois iamais ny Cesar ny la mort.

CATON

Vous me rendez jaloux, & ie sens que mon ame,
Reprend beaucoup de force en voyant vostre flâme,
Et pleust aux Dieux que Rome en de pareils desseins,
Pût se vanter d'auoir beaucoup de tels Romains,
Sa grandeur esbranlée auroit sujet de croire,
Qu'elle auroit des apuis pour soustenir sa gloire
Parmy ce grand desastre où le sort nous a mis,
Dieux ! faute d'en auoir on nous verra submis,
Nous le sommes desia, Cesar pense sans crime
Acquerir dessus nous vn pouuoir legitime,
Et pour auoir vn prix digne de ses exploits,
Rome doit se resoudre à receuoir ses loix,

Et son ame superbe autant qu'on le peut estre,
Ne peut plus endurer de recognoistre en maistre,
A moins que l'vniuers, vn cœur comme le sien
Ne trouuera iamais de repos ny de bien.
Cruelle ambition ! fatale destinée !
Rome, à tant de malheurs se trouue abandonnée,
Et ce nouueau tyran (à l'Empire odieux)
Ne craint plus le courroux des hommes & des Dieux.

STATYLLIVS.

Vn reste d'esperance anime encor mon ame,
Ie ne suis pas vn homme à receuoir du blâme,
Monstrons nostre courage, & malgré le hazard,
Disputons la victoire au destin de Cesar:
Parmy cette occurence vne ame resoluë,
Peut faire encor trembler vne force absoluë,
Aussi bien quelque iour faut-il pas que la mort,
Arreste en sa fureur le cours de nostre sort?
Vn esprit magnanime est peu considerable,
S'il craint de receuoir son coup ineuitable,
La resolution fait tous les genereux,
Au contraire la peur produit les malheureux,
I'estime à grand-bon heur quand vn noble courage,
Exerce sa constance au plus fort de l'orage,
Vn amas de perils resueillent la vertu,
Tel est bien attaqué qui n'est pas abatu,
Si Rome est oppressée, ah! que nostre puissance
Abaisse l'ennemy sous son obeyssance;
Ne desesperons pas de vaincre ce vainqueur,
Et puis que le desir en naist dans nostre cœur.

CATON.

Nous deuons l'esperer quoy que la Renommée,
Publie à haute voix la perte de l'armée:
Il faut estre bien ferme en de tels incidens,
Pour ne s'esbranler pas parmy tant d'accidens;

Quoy que ie fois coſtant, ce n'eſt pas ſans attainte,
Si i'ay beaucoup deſpoir il eſt meſlé de crainte:
Mille foins differens partagent mes foucis,
Et chacun ne cognoît qui font tous mes ennuis:
Du coſté du vainqueur ma miſere eſt extréme,
D'autre part ie m'afflige en ceux que mon cœur aime,
Et quand ie conſidere où le fort nous a mis.
Ie deſplore à la fois l'Empire & nos amis:
Des viuantes douleurs me portent dans la geſne,
Dieux! qui n'en auroit pas pour la gloire Romaine,
Qui ſuccombe aux efforts d'vn infolent orgueil,
Et rencontre fa perte où ie voy mon eſcueil. . .
Cher Brutus, eſt il vray ce qu'on m'a voulu dire,
Rome a-t'elle perdu les droits de ſon Empire,
Venez-vous confirmer par vn triſte diſcours,
Sa triſte decadence & la fin de mes iours?

SCENE II.

BRVTVS, CATON, STATYLLIVS.

BRVTVS.

AH! nous ſommes reduits dans vn defaſtre eſtrange
   Cognoiſſant l'infortune où le deſtin nous range,
L'Empire eſt aux abois, fa gloire & fa grandeur,
Ecliplent tout a coup leur reſte de ſplendeur:
Vn perfide infolent commande à la fortune,
Pendant qu'elle ſe monſtre enuers nous importune,
Vn party s'eſt formé, nous ſommes tous perdus,
Des ſuccez malheureux enſemble confondus,
Accablent ma conſtance, & me font aſſez croire,
Que l'Empire aujourd'huy perd tout à fait fa gloire,
Nous auions appaiſé ces eſprits factieux,

Puniſſant

Puniſſant de la mort les plus ſeditieux,
Mais ſur ce nouueau bruit qui paſſe pour creance,
Ces mutins auſſi-toſt tranſportez d'arrogance,
Trahiſſant leur deuoir courent de toutes parts,
Criants viue Ceſar, meſme ſur les ramparts.
Ie ne ſçay que reſoudre, enfin il vous faut dire,
La perte de l'armée & celle de l'Empire,
Il n'en faut plus douter, le bruit fait trop d'eſclat,
Nos ſoins ne peuuent plus fauoriſer l'Eſtat:
Caton, il faut ceder à ce deſtin ſeuere,
Puis que le Ciel n'eſt pas à tant de vœux proſpere,
En vain nous reſiſtons à la fatalité,
L'Empire perd ſa gloire & nous la liberté.

CATON.

Quoy donc Rome eſt vaincuë? & noſtre reſiſtance,
N'a pû de la fortune arreſter l'inconſtance,
Les Dieux ſont irritez contr'elle & contre nous,
Et nous ſeruons de bute aux traits de leur courroux,
Leur haine eſt implacable auſſi bien qu'infinie,
Fauoriſant Ceſar iuſqu'à la tyrannie,
Et ces derniers efforts de rage & de fureur,
Font de noſtre patrie vn theatre d'horreur.
Ceſar, ta deſtinée eſt dans vn point extreme,
Mais ſeras-tu content de noſtre Diademe?
Ton ame inſatiable a des pretentions,
Qui ne repugnent point à tes ambitions,
Tu peux vaincre par tout, & puis que tu l'eſpere,
Le deſtin t'a promis de t'eſtre aſſez proſpere,
Puis que nous n'auons pû borner tes grands deſſeins,
Ioints la perte du monde à celle des Romains.
Oüy, oüy, que l'vniuers ſuccombe ſous tes armes,
Fais couler des torrens & de ſang & de larmes,
Ton centier eſt frayé, va ſuis-lé iuſqu'au bout,
Il faut pour t'aſſouuir poſſeder ce grand tout,
Tu fais reuiure en toy le deſtin d'Alexandre,

E

Inuenté vn nouueau monde & va toſt le ſurprendre,
Si tu ne peux borner ton cœur ambitieux,
Va-t'en deſſus le Ciel faire la guerre aux Dieux.
Mais d'où vient que Caton dans le malheur s'eſtonne,
Faut-il que la conſtance au peril l'abandonne,
Son cœur ſi genereux manquera-il d'effort,
Lors qu'il faut contredire aux caprices du ſort?
R'appelle ta vertu puis qu'elle eſt neceſſaire,
Pour combatre aujourd'huy ton ſuperbe aduerſaire,
Oppoſe à ſa vaillance vn courage indompté,
Qui ne manqua iamais de generoſité.
Qu'il ſoit vray, qu'il ſoit faux, du deſtin de l'armée,
Fermons l'oreille au bruit qu'en fait la renommée,
Et par précaution d'vn deſaſtre attendu,
Que l'Empire en ce lieu ſoit encor deffendu,
Le conſeil, la valeur, le courage, les armes,
Nous ſeruiront bien mieux que la crainte & les larmes,
Rome eſpere de nous le reſte de nos ſoins,
Contentons ſes deſirs dans ſes plus grands beſoins,

BRVTVS.

Si nous pouuions agir ſelon noſtre eſperance,
Sans trouuer parmy nous la moindre reſiſtance,
Accordant la valeur à nos pretentions,
Nous pourrions reſiſter à tant d'afflictions:
Mais voyant des ſoldats que la crainte eſſarouche,
N'auoir que le ſeul nom de Ceſar en la bouche,
Applaudir à ſa gloire, approuuer ſes deſſeins,
Que doit on eſperer de ces lâches Romains.
Ie croy qu'on les verra bien toſt quitter les armes,
Puis qu'vn ſimple rapport leur cauſe tant d'alarmes,
Ainſi c'eſt ſe tromper de croire qu'vn vainqueur,
Ne puiſſe les dompter puis qu'ils n'ont plus de cœur,
Leur vaillance eſt ſeduite autant que leur courage,
Et loin de ſe deffendre ils luy rendront hommage,
Combattus au dehors & trahis au dedans,

Qui pourroit s'opposer à de tels accidens,
Cedons, cedons au sort, dont la rigueur nous braue,
Et n'esperons plus rien que le tiltre d'esclaue,
Nostre infortune adjouste aux maux qu'on a soufferts,
La honte, les mespris, les rigueurs, & les fers.

STATYLLIVS.

Si l'espoir des vaincus est de ne rien attendre,
Il ne faut plus penser à se vouloir deffendre:
Que nous pourroit seruir d'employer la valeur,
Si l'on n'a pas l'espoir de vaincre le malheur?
La resistance est vaine, & quoy qu'on puisse faire,
A nos plus beaux projets la fortune est contraire,
Chaque iour la victoire en despit du hazard,
Se declare à nos yeux du party de Cesar;
Et comme interressée au progrez de ses armes,
Sa main le rend vainqueur dans toutes les alarmes:
Nous voyons que s'il est quelque peu combatu,
C'est pour faire esclater cent fois plus sa vertu,
Et quiconque s'oppose à cette ame inuincible,
Apprend qu'à sa valeur toute chose est possible;
Ce n'est pas que mon cœur trahisse son deuoir,
Et que ie m'abandonne à suiure vn desespoir,
Non, tant que ie viuray mon ame genereuse,
Cherchera les moyens d'estre plus glorieuse;
Dans ce dernier desastre où l'on croit tout perdu,
Où nous sommes trompez d'vn espoir pretendu,
Ie veux faire parbistre à la fortune aduerse,
Ma generosité lors qu'elle nous trauerse:
Toutefois i'ay regret de n'auoir point plustost,
Preuenu ce dessein qui nous surprend d'assaut,
Lucius a perdu la jeunesse Romaine,
Lucius a produit le malheur qui nous gesne,
Le commerce trompeux de sa fausse amitié,
Fait de nostre fortune vn objet de pitié.
Mais encor deuons-nous resoudre quelque chose.

E ij

Arreſtons les effets d'vne ſi triſte cauſe,
Dans le fort de l'orage vn eſprit genereux,
Pour ſe voir attaqué ſe croit-il malheureux?
Non, ſi la reſiſtance eſt digne de la gloire,
Vainquons à noſtre fois Ceſar & ſa victoire.

SCENE III.

PORTIVS, BRVTVS, CATON, STATYLLIVS.

PORTIVS.

LVcius effrayé renient deſſus ſes pas,
Ie ne ſçay ſi l'horreur qu'il conçoit du treſpas,
Geſne ſa conſçience & luy ferme la bouche,
Puis qu'on ne peut apprendre où la douleur le touche,
Il m'a parlé des yeux d'vn eſprit interdit,
En voulant s'exprimer il ne ſçait ce qu'il dit:
De cette conjecture allons à la creance,
Oüy Ceſar eſt vaincu, i'en ay trop d'aſſurance,
Luy qui faiſoit trembler tout deſſous ſa vertu,
Par le vonloir des Dieux ſe retrouue abattu;
Que de vœux & d'encens, ô bonté ſouueraine,
Vous doit pour ce bien-fait la nation Romaine.

CATON

Ie me ſens tout eſmeu, mon cœur s'enuolle aux Cieux,
Allons toſt rendre hommage au ſouuerain des Dieux
Dans vn excez de joye il faut que la triſteſſe,
S'abyſme tout à coup, qu'à ſon tour l'allegreſſe,
Raméne les plaiſirs, afin que deſormais,
Le Temple de Ianus ſoit fermé par la paix.

BRVTVS.

I'ay trop raiſon de croire vne choſe contraire,

Le bon-heur de Cesar sans doute l'a fait taire,
Conseruant dans son cœur nos estranges malheurs,
Il n'a pû s'exprimer qu'en parlant par ses pleurs;
Ie vous dis ma pensée...

STATYLLIVS.

Il est meilleur de croire,
Que le destin nous donne aujourd'huy la victoire:
En former quelque doute on offence les Dieux,
L'Empire est vn objet trop respecté des Cieux,
Dans son plus grand desastre ils font voir leur clemence
Au contraire Cesar va voir sa decadence.
Compagnons de ma gloire, animons nos chaleurs,
Poursuiuons le vaincu pour finir nos malheurs;
Portius, n'as-tu point vne pareille enuie,
L'Empire en ce progrez demande nostre vie,
Et pour luy tesmoigner nostre fidelité.
Allons vaincre ou mourir pour nostre liberté.

PORTIVS.

Ie respons au desir qui t'anime & te porte,
L'esperance en nos cœurs sans doute n'est plus morte,
Secondant ta valeur qui me vient d'eschaufer,
Allons dans le combat pour vaincre & triompher.

SCENE IV.

CATON, BRVTVS.

CATON.

BRutus, que vous ensemble?

BRVTVS.

Vn si noble courage,
Promet beaucoup de chose.

CATON.

Il rendra tesmoignage,

Qu'vn cœur comme le sien oseroit disputer,
L'Empire de la terre à quelque Iupiter,
Veu sa belle esperance.

BRVTVS.

Et moy tout au contraire,
Ie dis qu'il en dit moins que ce qu'il pretend faire.

CATON.

Le temps nous apprendra qu'en de pareils discours,
On ne doit s'asseurer d'y trouuer du secours;
Toutesfois secondons le cœur de ce ieune homme,
Qui prend tant d'interest pour la gloire de Rome:
Il faut apprendre aussi, si nous auons l'honneur,
Que Cesar soit vaincu, que Scipion vainqueur,
Reuient auec triomphe animer nos Orphées.
Pour rendre ce qu'on doit à ces nobles trophées.

BRVTVS.

Voilà de grands bon-heurs si l'on ne trompe point.

SCENE V.

CORNELIE, IVLIE,

CORNELIE.

LE malheur où ie suis ma reduite en vn point,
Qu'il faut que ie côfesse aux yeux de tout le monde,
L'effet le plus cruel de ma douleur profonde:
Alors que la vengeance animoit plus mon cœur,
Pour tirer ma raison d'vn superbe vainqueur,
La fortune me braue & me fait recognoistre,
Que nous sommes contrains de receuoir vn maistre,
O destins inconstans ! vous l'auez resolu,
Vous rendrez aujourd'huy ce perfide absolu,
Rome est assujettie, & sa pompe & sa gloire,

Vont releuer d'esclat vne iniuste victoire,
Cesar nostre ennemy, ce barbare inhumain,
Triomphe tout à fait de l'Empire Romain:
Sa puissance inuincible en despit des obstacles,
Vient encor de nouueau produire des miracles;
Les Dieux nous ont trahis secondant sa valeur,
Pour nous reduire au point d'vn extréme malheur.
Cornelie, à quoy bon estre tant occupée,
A chercher les moyens de vanger ton Pompée,
Si contre tes projets le sort injurieux;
Oppose iniustement & la terre & les Cieux;
Non, Cesar ne peut plus tomber sous ma puissance,
Pour lancer dessus luy les traits de ma vangeance;
Vainqueur de tous costez, il peut bien se vanter,
Que rien dans l'vniuers ne luy peut resister.

IVLIE.

Quoy! vous donnez creance à ces tristes nouuelles,
Et blessez vostre cœur d'atteintes trop cruelles,
Vous allez au deuant les effets du hazard,
Et prenez le party du costé de Cesar;
Madame, assurez-vous que ce bruit du vulgaire,
N'est qu'vne inuention qui vient de l'aduersaire,
Se voyant attaqué, redoutant le malheur,
Il se sert de la feinte à faute de valeur;
Ainsi pour estonner...

CORNELIE.

Tu te trompe Iulie,
Et ta parole offençe en vn point Cornelie:
Cesar est genereux, & sa vertu me plaist,
I'ay peine à le haïr, tout ennemy qu'il est;
Si la mort d'vn espoux ne le rendoit blâmable,
Il seroit dans mon ame assez considerable:
I'adjoûte à ce malheur ces furieux desseins,
Qui nous font redouter la perte des Romains;
Ces diuers sentimens combatent ma pensée,

Et dans châque party ie suis interessée,
Ie voudrois que Cesar fust bien moins vertueux,
Ie voudrois que mon bras fust plus impetueux,
On me verroit bien-tost en surpassant la foudre:
Attaquer son audace & la reduire en poudre:
Mais ie respecte encor sa gloire & son honneur,
Sans porter de l'enuie à son plus grand bon-heur,
Il semble que le Ciel lors qu'il nous abandonne,
L'éleuant d'vne main, de l'autre il le couronne,
Forçant la destinée à suiure son conseil,
Il va rendre ce Prince au monde sans pareil.

IVLIE.

Vous le croyez vainqueur & d'vne iuste guerre.

CORNELIE.

Non seulement cela, mais que toute la terre,
Abaissée à ses pieds cherira quelque iour,
La grandeur de son sort, par force ou par amour,

IVLIE.

Ainsi vostre vengeance est vn peu moderée,
Bien-tost...

CORNELIE.

            Helas ! ie parle en inconsiderée,
Si i'ayme sa vertu ie hay son attentat,
Mais quoy qu'il puisse faire à nous rauir l'Estat,
Ie te peux assurer qu'il n'aura point d'estime,
Qu'elle ne soit iugée & iuste & legitime,
Et si nostre party se retrouue abatu,
Sa gloire n'en doit rien qu'à sa seule vertu.

IVLIE.

Vous l'estimez beaucoup dedans son insolence,

CORNELIE.

Ie le desire tel pour plaire à ma vengeance,
Offrant vne victime aux Manes d'vn espoux,
Elle ne peut sans gloire assouuir mon courroux.

IVLIE

IVLIE.

Ie m'eſtonne beaucoup de voſtre procedure,

CORNELIE.

Dis que tu ne ſens pas les douleurs que i'endure,
Et parmy tant d'ennuis vn cœur comme le mien,
S'emporte à des excez lors qu'il n'eſpere rien.

IVLIE.

Martia vous apporte vn remede à vos larmes,

CORNELIE.

Iulie, ah ! qui pourroit accoiſer mes alarmes?
Ne pouuant adoucir les rigueurs de mon ſort,
Ie dois fuïr la vie & courir à la mort.

SCENE VI.

MARTIA, PHILANTE, CORNELIE, IVLIE.

MARTIA.

CE faux bruit qui couroit n'a plus de certitude,
Donnez quelque relâche à voſtre inquietude,
Et penſez que le Ciel par vn noble deſſein,
Va releuer la gloire à l'Empire Romain.

CORNELIE.

Ie voudrois l'eſperer, ſi la moindre apparence,
Diſpoſoit mon eſprit d'en auoir la creance;
Mais parmy nos malheurs i'ay peine à conçeuoir,
Quel ſeroit le motif d'en donner de l'eſpoir.

MARTIA.

Nous croyons que Ceſar dans le bruit du vulgaire,
Rencontre à ſes deſſeins la Fortune contraire,
Et meſmes Portius, auec la joye au cœur,

F

M'a dit que Scipion estoit resté vainqueur,
Et vous deuez penser que vostre repugnance,
N'en peut pas amoindrir la gloire & l'esperance,
Lucius effrayé retournant sur ses pas,
Confirme assez la chose, & ie n'en doute pas.

CORNELIE.

Quoy ! sans l'interroger, Martia voudroit croire
Que Scipion remporte aujourd'huy la victoire,
Et que Cesar vaincu dans ce dernier combat,
Recognoistra son crime.

MARTIA.

        Oüy, mesme en plein Senat,
On nous fait esperer cette belle occurence.

PHILANTE.

Si l'on doit s'asseurer dessus vne apparence,
Le peuple à pleine voix témoigne en diuers lieux,
Ce bon-heur esperé…

IVLIE.

        Mesme on prépare aux Dieux,
La victime ordinaire en de pareilles festes.

MARTIA.

Rome n'a pas encor de borne en ses conquestes,
On voit changer de face à son mauuais destin,
La Paix va retourner chez le peuple Latin,
Ses ennemis domptez adorant sa puissance,
Luy rendront des deuoirs de leur obeïssance.

CORNELIE.

Ie ne sçay quel sujet me contraint d'en douter,
Mais i'ay plus d'vn motif d'y vouloir resister,
Et ce caprice estrange où mon esprit s'engage,
Donne à nostre ennemy la gloire & l'auantage,
Contre mon sentiment ie ressens que mon cœur,
Ne conçoit rien de bas du sort de ce vainqueur,
Et quoy que ie repugne où va la tyrannie,

Ie fuis aueuglément l'effort de mon genie,
Et ne peut démentir d'vn efprit interdit,
La gloire & le bon-heur que fon deftin m'en dit;
Et bien que mon courroux foit iufte & legitime,
Martia, ie ne peux offencer fon eftime.

MARTIA.

Ie penfe que fa lettre auroit quelque pouuoir,
D'obliger Cornelie à fuiure fon vouloir,
L'amour peut adoucir la colere & la haine.

CORNELIE.

Quittons la raillerie, & fans vous mettre en peine,
Si Cefar eft vaincu ie vous promets ma foy,
Qu'on verra quel pouuoir il peut auoir fur moy.

ACTE IV.

SCENE PREMIERE.

CATON *feul, tenant la lettre de Cefar.*

STANCES.

C Aton, de grace tu dois croire,
    Que la fin de tous mes deffeins,
      Regarde l'honneur des Romains,
Et non pas les motifs de releuer ma gloire:
    Si i'ay fi fouuent combattu,
     Pour rendre Pompée abattu,
Iuge fans paffion de ma iufte colere,
Et de ce qu'il a fait & de ce que ie fis,
Par ainfi tu verras fi le fort d'vn beau-pere,
Doit rendre obeïffance à celuy d'vn beau-fils.

F ij

Si Rome a souffert en sa perte,
Cesar regrette ce malheur,
Et ne peut pas voir sans douleur,
Sa playe encor sanglante & tous les iours ouuerte;
    Quiconque accusera mon sort,
    D'estre la cause de sa mort,
Offence ma valeur, trahit ma renommée,
Et doit s'instruire mieux aes effets du hazard,
Qui luy firent trouuer aux mains de Ptolumée,
Ce qu'il n'eust pas receu de celles de Cesar.

    Toutefois son destin me touche,
    Et i'ose en accuser les Dieux:
    Souuent on peut voir à mes yeux,
Le regret que i'emporte, aussi bien qu'en ma bouche:
    Celuy qui creusa son tombeau,
    N'a pas eu le destin plus beau,
Desirant me surprendre auec de l'auantage,
Son orgueil combatu d'vn genereux pouuoir,
Esprouua ma fortune & trouua son naufrage,
Où ie crûs voir le mien reduit au desespoir.

    Ainsi l'on voit que la Iustice,
    S'interesse en tous mes emplois,
    Si i'ay peché contre les loix,
Ie veux à mon retour souffrir plus d'vn supplice;
    Oüy, ie desire en plein Senat,
    Me iustifier de l'attentat;
Duquel ie suis coupable au rapport de l'enuie,
Et si son équité me trouue vn criminel,
Ie liure en sa puissance & ma gloire & ma vie,
Pour les noircir tous deux d'vn reproche eternel.

    Guidez d'vne belle esperance,
    Donnons trefue à tant de combats,
    Mettans tous deux les armes bas,
Que Rome en nostre accord reprenne vne assurance:

Pour moy tout vainqueur que ie suis,
On me verra bien tost submis,
Au vouloir du Senat qui fait trembler la terre,
Ie donneray parole au pied de nos Autels,
Que iamais mon destin n'entreprendra la guerre,
Qu'en diffendant l'Empire & les Dieux immortels.

  Mais Caton Cesar te conjure,
  D'adoucir ce iuste courroux,
  Que Cornelie à d'un espoux,
A qui ie n'ay point fait ny de tort ny d'injure:
  Dis luy que touché de pitié,
  Ie plains que sa chere moitié,
N'ait peu fléchir le cœur d'un Monarque barbare,
Qu'au contraire on verra la pluspart de mes soins,
S'employer pour seruir vne vertu si rare,
Sans iamais la quiter dans ses plus grands besoins.

Trompeuse illusion! deceuable artifice!
Qui cachoient de Cesar la haine & la malice,
Vostre masque est leué, l'on voit à descouuert
Le pretexte insolent de celuy qui nous perd:
Dois-je accuser les Dieux ou bien mon imprudence,
Caton, de qui prens tu maintenant confidence?
T'estant trompé toy-mesme, arreste ta raison,
A te rendre l'autheur de cette trahison,
Ah! ce n'est pas le Ciel qui me force à me plaindre,
L'honneur que ie luy dois me dispose à le craindre;
Mais voyant le desastre où le sort nous a mis,
Ie le prens à partie auec nos ennemis.
Les Dieux aiment Cesar, ie n'en ay point de doute,
Quoy! pouuoit-il sans eux poursuiure cette route?
Il est hors de creance, & son sort absolu,
N'a point de dignitez que les Dieux n'ayent voulu,
Depuis long-temps ie sçay que son courage aspire
A tenir dans ses mains les resnes de l'Empire,

Son orgueil n'a pas craint mille difficultez,
Qui trauerſoient le cours de ſes proſperitez:
Mépriſant toute choſe, on voit que ſon Genie,
S'eſt frayé le chemin iuſqu'à la tyrannie?
En fin la faute eſt faite, & noſtre illuſtre effort,
N'a pû iamais borner le pouuoir de ſon ſort,
Rome a ſujet de croire apres vn tel outrage,
Que ſa perte eſt prochaine, & qu'il faut que l'orage
Eſclate deſſus elle, & que ſa liberté,
Arriue au dernier point de ſa fatalité.

SCENE II.

PORTIVS, CATON.
PORTIVS.

IE vous ſurprens icy dans voſtre inquietude?
CATON.
La fortune nous donne vne attaque bien rude.
PORTIVS.
Ce n'eſt pas d'aujourd'huy qu'on cognoît ſon erreur.
CATON.
Helas ! Caton ſuccombe aux traits de ſa fureur.
PORTIVS.
Enfin voſtre conſtance eſt hors de ſon aſſiette,
Quoy qu'il ſoit tres certain que l'armée eſt defaite,
Que Ceſar eſt vainqueur, & Scipion vaincu,
Voyez comme Caton a iuſqu'icy veſcu:
Et ſans aller chercher d'exemple qu'en vous meſme,
Monſtrez voſtre courage en ce deſaſtre extréme,
Releuez cét eſprit vn peu trop abatu,
Et ne trahiſſez pas Caton ny ſa vertu.
La fortune autrefois nous fut auſſi fatale,
Rome eſprouua ſa haine aux combats de Pharſale,

Là du fang des Romains fe fit prefqu'vne mer,
Vous nageaftes dedans, mais fans vous abifmer:
Là Libie aujourd'huy nous eft pas plus contraire,
Vn femblable accident, & le mefme aduerfaire,
Doiuent trouuer Caton auec autant de cœur,
Qu'il en fit voir alors contre ce fier vainqueur.

CATON

Quelque efperance alors releuoit mon courage,
Me rendant immobille au plus fort de l'orage:
Dans des torrens de fang roulans de toute parts,
Deffus des monts de corps tombez deffous les darts,
Parmy la mefme horreur, dans Pharfale eftalée,
Ma vertu s'y trouua fans s'y voir accablée:
Mais icy le deftin m'oblige au defefpoir,
La valeur m'abandonne autant que le pouuoir,
Et toute mon attente eftant prefque eftouffée,
Voulez-vous que ie ferue à Cefar de trophée;
I'auray toufiours le bruit dans la pofterité,
D'eftre party du monde auec ma liberté,
Et puis que la fortune à tous momens nous braue,
C'eft viure malheureux que de viure en efclaue,
Et l'vnique moyen de vaincre vn mauuais fort,
Confifte à fe refoudre à rechercher la mort.

PORTIVS.

C'eft fe mettre en danger de perdre fon eftime,
Que fuiure vn defefpoir fans caufe legitime:
Ie veux que le malheur vienne fondre fur nous,
Que le Ciel pour nous perdre efclate en fon courroux,
Qu'vn vainqueur infolent par fa victoire afpire,
D'efleuer fa fortune au deffus de l'Empire:
Deuez-vous pour cela ne vous deffendre pas,
Et de peur de luy nuire aller dans le trefpas,
Voftre ame genereufe en ce point d'importance,
Doit faire plus d'efforts & plus de refiftance;
Et fans craindre Cefar, non plus que le malheur,

Produire vn dernier coup digne de la valeur,

CATON.

Ie feray recognoiſtre à la race future,
Les moyens de brauer vne triſte auanture:
Tel me penſe deſia tributaire à Ceſar,
Qu'il cognoiſtra Caton triompher du hazard;
Ie ne ſuis pas encor dans cette derniere heure,
Où i'ay determiné qu'il faut que Caton meure,
Il faut que mon exemple, auant que de mourir,
Serue à ceux qu'on ne peut maintenant ſecourir.
Vous que le deſtin rend teſmoin d'vne fortune,
Aueugle en noſtre endroit, à l'Empire importune,
Voyez de quel eſprit conſtant & glorieux,
Ie meſpriſe la terre & ie m'eſleue aux Cieux.
Vne gloire immortelle anime voſtre pere,
D'aller trouuer vn bien que tout le monde eſpere,
Suruiure en nos malheurs c'eſt meſpriſer ce bien,
Qui fait le poſſedant qu'on n'eſpere plus rien:
Ie commence à parler d'vne philoſophie,
Dont le plus noble effet dans le Ciel ſe deffie,
Et cette apotheoſe où tendent mes deſirs,
Raſſaſira mon cœur de gloire & de plaiſirs;
Vn iour... Mais Lucius de nouueau vient m'inſtruire,
Du deuoir que ie dois au tyran de l'Empire,
Remarquez ſon diſcours, & moy d'vne autre part,
Ie vay donner encor mes ſoins ſur le rampart.

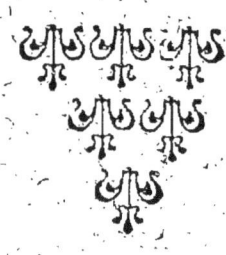

SCEN

SCENE III.
LVCIVS, PORTIVS.
LVCIVS.

MOn retour ne doit pas vous mettre tant en peine,
Ny vous donner sujet de colere & de haine,
Voftre feul intereft a difpofé mon cœur,
A moderer beaucoup les tranfports du vainqueur,
Et quoy que la victoire animoit fa vengeance,
I'ay fait que la rigueur deffere à la clemence,
Et d'vn fi noble effet on prend la liberté,
De former des foupçons de ma fidelité.
Les Dieux me font tefmoins fi i'ay la moindre enuie,
De voir deffous Cefar noftre Rome afferuie,
Si fon fang & le mien ont de mefmes ayeux,
Le fien de Lucius n'eft pas ambitieux,
Il faut fans paffion confiderer les chofes,
Et iugeant des effets n'ignorer pas les caufes,
Ie dis fort peu du refte, il fuffit qu'on fçait bien,
Si Cefar nous apporte ou du mal ou du bien:
Mais i'ofe vous iurer que ie ne peux fans larmes,
Voir l'iniufte progrez de fes cruelles armes,
Deuant fon pauillon, entouré d'eftandars,
Il voyoit du combat le refte des foyards,
Et ce cœur genereux cryoit parmy la plaine,
Sauuez foldats, fauuez la ieuneffe Romaine.
Tout ce que ie pûs faire embraffant fes genoux,
Fut d'efteindre le feu de fon premier courroux,
Lucius(me dit-il) le regret qui me touche,
N'eft pas vn mal qu'on peut exprimer par la bouche,
Mon ame eft affligée en tout autant de lieux,
Que ie voy des Romains mourir deuant mes yeux,

G

Ces montagnes de corps qui demandent la flâme,
Par des coups de pitié viennent blesser mon âme,
Ie deurois ce me semble auoir bien moins vescu,
S'il faut par tant de sang que Cesar ait vaincu.
Fatale destinée à mes vœux si contraire,
Faut-il qu'à mes amis ie paroisse aduersaire,
Destins injurieux, vous auez les desseins,
D'amoindrir la grandeur de l'estat des Romains?
Tous les Roys de la terre en cent & cent batailles,
N'en pouuoient auancer les tristes funerailles,
Il faloit qu'elle mesme en ces fatalitez,
Opposast ses enfans à ses prosperitez.
Elle l'a fait, ie voy la ieunesse Romaine,
S'abysmer dans son sang qui couure cette plaine,
Icy nos legions, icy nos estandarts,
Romains contre Romains tombans de toutes parts,
Me font mourir en eux d'vne mort languissante,
Sans pouuoir estancher leur playe encor sanglante,
Et ne pouuant mourir par ce barbare effort,
Ie cherche les moyens pour me donner la mort.
Verra-t'on point finir ces actions tragiques,
Qui font tousiours durer nos malheurs domestiques!
Estrange euenement qui choque mon destin,
Et cause la discorde à l'Empire Latin,
Lucius, si Caton recognoissoit mon zele,
Nous vuiderions bien-tost cette vieille querelle,
Quoy que victorieux sans le rendre submis,
Il sera, s'il luy plaist, de mes meilleurs amis.
Ie m'offre à ses souhaits, & d'vn cœur plein de ioye,
Ie pars, ie cours, ie viens, afin que Caton voye,
Qu'on peut bien-tost borner le cours à ces projets,
Qui ferment le passage au retour de la paix.

                          PORTIVS.

L'on parle asseurément lors qu'on a l'auantage,
Vn succez plein de gloire anime d'auantage,

Et perfonne ne peut vous choquer en vn point,
Que Cefar nous defguife & qu'on ne cognoît point:
Toutefois l'artifice où fon efprit s'amufe,
N'eft pas affez fubtille à defguifer fa rufe,
Il faut n'auoir point d'yeux, ny mefme de raifon,
Pour ne defcouurir pas quelle eft fa trahifon,
Son ame infatiable, & de fang & de larmes,
Nous veut faire obeyr par l'effort de fes armes,
Aduançant chaque iour fes perfides deffeins,
N'eft-ce pas s'acquerir l'Empire des Romains!
A quoy bon confulter fi fouuent les oracles,
De publier par tout fa gloire & fes miracles,
S'il n'eftoit refolu dans ces projets diuers,
De fe rendre bien-toft maiftre de l'Vniuers?

LVCIVS.

On ne peut vous guerir des maux de la penfée,
La voftre en cette caufe eft trop intereffée,
Et fans blâmer Cefar dans fes intentions,
On deuoit l'approuuer en fes fubmiffions,
Ie fuis venu moy-mefme au danger de ma vie,
Aduertir le Senat de fa plus belle enuie,
Chacun me regardoit d'vn regard de pitié,
Formant mille foupçons de ma fidelité;
I'ay voulu tout fouffrir fans faire aucun murmure,
Rome meritoit bien de fouffrir vne injure,
Ma conftance eftonna les efprits plus mutins,
Qui ne peuuent fouffrir la paix chez les Latins,
Vous le fçauez vous mefme, & dans cette occurence,
Ie fais cognoiftre affez beaucoup d'obeyffance.
Hier ie fortis d'icy comme chaffé de vous,
I'y reuiens aujourd'huy fans haine & fans courroux,
Mais fi vous preferez la guerre à la concorde,
La vangeance agira, mais fans mifericorde,
C'eft manquer de raifon, qu'irriter vn vainqueur,
Qui peut faire d'Vtique vn fpectacle d'horreur.

G ij

PORTIVS.

Caton n'est pas trompé, l'effort de son genie,
Presagoit que Cesar vouloit la tyrannie:
Ce discours affligeant fait recognoistre assez,
Que sa haine en ira iusqu'au dernier excez,
Ayant veu tant d'esclairs, il faloit se resoudre,
Que l'orage deuoit finir d'vn coup de foudre,
Nostre attente est certaine, & les plus clairs voyans,
Nous ont assez prédit le regne des tyrans.

SCENE IV.

BRVTVS, LVCIVS, PORTIVS.

BRVTVS.

ROme à qui nous deuons l'honneur de la naissance,
Tombe enfin sous l'effort d'vne iuste puissance,
Apres s'estre agrandie en despit des hazards,
Il faut qu'elle obeisse au premier des Cesars,
Et de tous nos malheurs le plus grand & le pire,
C'est que la tyrannie offence nostre Empire;
Les Dieux pour nous punir enfin l'ont resolu,
En-vain nous resistons contre vn sort absolu,
Nous voyons le desastre où ce tyran nous range.

LVCIVS.

Vous auez de Cesar vne pensée estrange,
Et iugez assez mal de ses intentions.

BRVTVS.

Dis plustost qu'on cognoist.

LVCIVS.

Quoy?

BRVTVS.

Ses ambitions,
Ie ne sçay quel motif s'accorde à ton Genie,

De seconder Cesar dedans sa tyrannie,
Il est vray que ton sang ne peut se démentir,
Si ton Oncle entreprend, on t'y voit consentir;
Mais voyant redoubler nos miseres publiques,
Deuois-tu pas hayr l'autheur de ces pratiques?
Ennemis conjurez de nos prosperitez,
Faut-il vous signaler par tant de cruautez?

LVCIVS.

Ah! vous nous offençez, mais d'vne estrange sorte,
L'erreur qui vous égare & mesme vous transporte,
Deçoit vostre pensée autant que la raison,
D'accuser ce vainqueur d'aimer la trahison;
Son ame genereuse a fait assez paroistre,
Qu'elle auoit de l'horreur que l'Empire eust vn maistre,
Si Pompée eust voulu moderer ses desseins,
Pharsale n'eust point veu mourir tant de Romains,
Et ses flancs arrosez d'vne orage sanglante,
N'eussent veu Rome alors vaincuë & triomphante;
Mais son cœur obstiné trahissant son deuoir,
Pensant de son beau-pere affoiblir le pouuoir,
Trouua que la fortune estoit bien moins prospere,
A ses lasches projets, qu'à ceux de son beau-pere;
Mais quoy? Rome à present n'ayant plus de riuaux,
Doit-on pas trauailler pour terminer ses maux.

BRVTVS.

Il fait bon escouter tant de discours friuoles,
Mesme donner creance à tes vaines paroles,
Puis que par les effets d'vn triste éuenement,
Nous sommes obligez d'en iuger autrement:
Ah! qu'en ce proceder ton esprit dissimule,
Donnant pour veritable vn discours ridicule,
Mais Caton & Brutus ont vn autre regard,
Pour découurir bien mieux les projets de Cesar.

PORTIVS.

Allons le consulter, ie croy qu'il pourra dire,

Jufqu'à' quelle grandeur fa deſtinée aſpire,
Cét eſprit penetrant cognoiſt ſon attentat,
Et l'eſpoir qui le porte à ſe voir Potentat,
L'ignorance affectée eſt blaſmable en vn homme,
Qui s'employe à deſſein de vouloir trahir Rome.

LVCIVS.

Si ſon opinion s'accorde à voſtre erreur,
Nous ne ſommes pas preſts de ſortir de malheur.

SCENE V.

CORNELIE, *ſeule.*

IE l'ay touſiouts prédit, helas ! ma preuoyance,
Prenoit ſes ſentimens d'vne haute prudence:
Le concours glorieux de ſes nobles exploits,
Donnoit bien de la force à ce que i'en penſois,
Ah, pauure infortunée ! où ſont tes aduantages,
Ta gloire en ces écueils rencontre des naufrages,
Et tu cognois aſſez en ces malheurs diuers,
Que tu ne ſeras plus Reyne de l'Vniuers:
Oüy, Rome en ce deſaſtre eſt reduite à la chaîne,
Ce Tyran luy rauit l'honneur de Souueraine,
Ses grandeurs & ſa pompe auec ſa majeſté,
Sont deſſous le pouuoir d'vne autre auctorité.
Les ſoûpirs de mon ame auec mes iuſtes larmes,
N'ont pû forcer les Dieux d'accoiſer ſes alarmes,
Son an climaterique a fait voir ſa rigueur,
En reduiſant ſa gloire au pouuoir d'vn vainqueur;
Et parmy ce deſordre où ie me voy reduite,
Le deſtin de Ceſar me preſſe & ſolicite,
I'agrée auec plaiſir & ſa gloire & ſes vœux,
Sans ſçauoir au certain, helas ! ce que ie veux,
Oüy, i'eſpere en celuy qui m'afflige & me tuë,
Dans les reſſentimens dont ie ſuis combatuë;

La haine auec l'amour tyrannise mon cœur,
Sans sçauoir qui des deux s'en rendra le vainqueur;
Charmante illusion & douce intelligence,
Qui formez vn obstacle à ma iuste vangeance,
Ie pers le souuenir de la mort d'vn espoux,
Alors que ie deurois auoir plus de courroux,
Cét agreable effet démentira sa cause,
Cesar aura pouuoir de vaincre toute chose,
Et sans considerer ou son sort nous a mis,
Ie l'estime aujourd'huy de mes meilleurs amis.
Mais i'offençe en ce poinct la grandeur de mon ame,
De vouloir consentir à cette lâche flâme,
Puis-ie en ce proce der auoir de l'equité,
En terniffant ma gloire & ma fidelité.
Quoy? mespriser Pompée & trahir ma constance,
Cornelie, est-ce ainsi que tu fais resistance,
Alors que tu deurois produire vn noble effort,
Pour punir vn barbare en luy donnant la mort?
Tu crois que ce Tyran d'vne indiscrette flâme,
Doit terminer les maux qui tourmentent ton âme,
Femme inconsiderée a quoy t'amuses tu,
De grace, escoute vn peu ta mourante vertu,
Réueille ta sagesse, anime ton courage,
Et pense si tu dois pardonner cét outrage,
Quoy ! Cesar deuenu le plus fier des tyrans,
Qui vient à sa fureur d'immoler mes enfans,
Luy qui rend tous les iours Rome tres desoléé,
Prendroit quelque interest de me voir consolée.
I'ay tort, ie le confesse, en ces extremitez,
Hayssons l'ennemy de nos prosperitez,
Ie déconure aujourd'huy son insolente ruse,
Ce traistre me deçoit, la passion m'abuse,
Dans ces diuers transports mon esprit preuenu,
Doit regler l'aduenir par ce qui est aduenu.
Fole & debile erreur que mon ame deteste,

Cent fois plus qu'on ne fait & la rage & la peste,
Pourquoy me deçeuoir puis que ie cognois bien,
Que parmy ces malheurs ie n'espere plus rien.

SCENE VI.

IVLIE, CORNELIE.

IVLIE.

MAdame, le Senat auec toute sa suite,
Vient...

CORNELIE.

Pourquoy?

IVLIE.

Vous donner la derniere visite.

CORNELIE.

Iustes Dieux, son départ redouble mon ennuy,
Il est donc resolu de partir cette nuit:
Ah ! Rome, où vas tu voir tes pompes si celebres,
S'il faut pour les sauuer rechercher les tenebres,
Grand Senat dout la gloire estonnoit l'Vniuers,
Ie m'afflige en voyant vn si triste reuers,
Il faut bien que le Ciel implacable en sa haine,
Soit deuenu jaloux de la grandeur Romaine,
Puis que sa liberté, sa gloire & son Estat,
Vont receuoir des loix d'vn cruel Potentat.

SCENE VII.

MARTIA, CORNELIE, IVLIE.

MARTIA.

AH! chere Cornelie, on cognoit à cette heure,
Que Rome est aux abois...

CORNELIE.

Et qu'il faut que ie meure,

MARTIA.

Vostre Genie auoit préueu fidelement,
Le déplorable effet de cét éuenement.
Rome, helas ! Rome enfin...

CORNELIE.

Donnons trefue aux alarmes,

Et pour vn autre temps...

MARTIA.

O Dieux!...

CORNELIE.

Gardons nôs larmes,
Le Senat nous attend, voulant quiter ce lieu,
Allons pour receuoir l'honneur de son Adieu.

ACTE V.

SCENE PREMIERE.

CATON, PORTIVS.

CATON.

DAns ces diuers malheurs d'vne perte commune,
Ie n'enuisage point ma mauuaise fortune,

H

Le public m'intéresse, & tous mes plus grands soins,
M'ont donné tout entier où i'ay veu ses besoins:
Rome, tu le sçais bien & l'Vniuers doit croire,
Que Caton n'a rien fait d'indigne de ta gloire;
Par tout où i'ay pû voir ton destin combatu,
I'ay pensé le deffendre employant ma vertu,
Et mon cœur n'auoit point plus grande inquietude,
Que la crainte de voir l'Empire en seruitude,
Mais puis que les destins irritez contre nous,
Nous font tout de nouueau ressentir leur courroux,
Que la perte derniere est encor plus fatale,
Que celle qu'on receut aux plaines de Pharsale,
Dois-je apres ce desastre esperer que le sort,
Peût empescher ma perte & me conduire au port?
C'est me tromper beaucoup que d'en auoir l'attente,
La Fortune enuers moy se rend trop insolente,
Ainsi n'esperant rien, i'estime que mon cœur,
Doit d'vn si mauuais sort se rendre le vainqueur.

PORTIVS.

Faut-il qu'vn grand courage en vn peril extréme,
Vienne iusqu'à ce point de se trahir soy-mesme?
Manquez-vous de constance ou plustost de valeur,
N'opposant point d'obstacle aux efforts du malheur?
Faites reflection sur ce qu'on doit à Rome,
Et pensez que Caton est bien plus qu'vn autre homme,
Si vous n'ignorez pas quelle est vostre vertu,
Employez son pouuoir vous voyant combatu,
La gloire estant le prix d'vne ame genereuse,
Il faut dans les perils la rendre glorieuse;
La magnanimité....

CATON.

                              I'arreste ce discours,
Puis qu'il n'est qu'affligeant sur la fin de mes iours,
Vous me cognoissez mal, & si l'on considere

L'infortune de Rome auec noſtre miſere,
Dois ie auoir des ſujets d'employer ma valeur,
Eſtant priué d'eſpoir de vaincre le malheur?
Si i'eſtois du commun, ie prendrois ſoin de plaire
A celuy que les Dieux rendent noſtre aduerſaire,
Mais n'ayant rien de bas, ma generoſité,
N'approuuera iamais la moindre lâcheté.
Il eſt vray que ie ſens de puiſſantes alarmes,
Et qu'vn autre que moy cederoit à vos larmes;
Mais le ſort de Caton le rend ſi genereux,
Qu'il auroit peine à viure & ſe voir malheureux;
Cognoiſſez ma penſée autant que mon enuie,
Ie retourne en mon centre, & cherche vne autre vie,
Ne voulant pas ſeruir de riſée aü deſtin,
Qui trahit noſtre gloire & le peuple Latin.
Toutefois vos deſirs me donnent de la peine,
Autant que l'intereſt de la gloire Romaine,
Et la douce amitié que Caton a pour vous,
L'oblige à s'exempter de ſon iuſte courroux.
Pourquoy ne viure pas, ſi ma vie eſt ſi chere
A Portius, qui craint la perte de ſon pere?
C'eſt ſe rendre inſenſible & tenir du tyran,
Que de fermer l'oreille aux ſoûpirs d'vn enfant:
Mon fils ne craignez plus, voſtre pitié l'emporte,
Ma reſolution demeure la moins forte,
Et de voſtre douleur me ſentant combatu,
Ie veux trahir pour vous ma gloire & ma vertu.
Mais, helas ! qu'ay-ie dit, & qui le pourra croire,
Que ie veüille trahir ma conſtance & ma gloire?
Caton n'eſt plus Caton , puis que ſa lâcheté,
Débauche en ce deſſein ſa generoſité;
Meſme alors qu'on cognoit qu'vne fortune aduerſe,
Iuſqu'à l'extremité tous les iours le trauerſe:
Non, non, n'eſperez pas qu'vn cœur comme le mien,
Démente ſa valeur lors qu'il n'eſpere rien.

Au contraire en voyant que nostre inquietude,
N'atend plus que la honte auec la seruitude,
Il est plus noble à moy de courir au tombeau,
Que de m'y voir porter par les mains d'vn bourreau.

PORTIVS.

Seigneur ! au nom des Dieux ayez plus d'esperance,
Esprouuez de Cesar vne fois la clemence;
Si ce vainqueur s'irrite embrassant ses genoux,
Si vostre humilité n'appaise son courroux,
Alors vous pourrez bien sans perdre vostre estime,
Vous donner à vous mesme vne mort legitime,
Et ce sang genereux que Rome tient si cher,
Coulant deuant ses yeux luy sçaura reprocher,
Que l'orgueil qui le porte à tenir du barbare,
Deuoit moins offencer vne vertu si rare.

CATON.

Portius, ce conseil estonne mes esprits,
Et i'en dois iustement conçeuoir du mépris,
Ma vie estant exempte & de crime & d'offence,
Caton n'a pas besoin d'inuenter sa deffence:
Cesar ne verra point sa generosité
Produire aucun effet de crainte & lâcheté;
M'abaisser de la sorte aux pieds d'vn aduersaire
Repugne entierement à ce que ie dois faire,
Ie suis tousiours moy-mesme, & ie ne peux souffrir,
Vn effet plus cruel cent fois que le mourir.
Iugez plus sainement d'vne ame resoluë,
Qui ne peut endurer de puissance absoluë,
Mourant i'ay le bonheur dans ma fatalité,
De laisser encor Rome auec sa liberté:
Ainsi ma destinée en malheurs si feconde,
Adoucit mon desastre en me tirant du monde,
Ie mourray satisfait dans l'horreur de mon sort,
D'estre au lieu de Cesar la cause de ma mort.

PORTIVS.

Il faut fur voftre exemple apprendre de vous fuiure,
Et finir nos malheurs en finiffant de viure,
Ie ferois trop blâmable en ce fort malheureux,
De manquer d'imiter vn cœur fi genereux.
Son modele eft ma regle, & fa mefme conftance
Me porte à ce deffein fans nulle repugnance,
Et pour n'éprouuer pas vn plus mauuais hazard,
Ie dérobe ma tefte aux rigueurs de Cefar.

CATON.

Ie ne peux fuporter cette penfée eftrange!
Contentez-vous de voir où le deftin me range,
Cefar n'eftime pas que nul autre que moy,
Puiffe luy contredire & luy donner la Loy:
Mais puis que la Fortune à mes vœux fi contraire,
Seconde les deffeins d'vn fuperbe aduerfaire,
I'accorde à fon erreur, me voyant fans pouuoir,
De fuiure aueuglément vn heureux defefpoir.
Toutefois en mourant ie vous laiffe vn exemple,
Qui fera des Catons fi quelqu'vn la contemple,
Et quoy que ie m'oblige aux rigueurs du trépas,
Ie reuiuray dans ceux qui fuiuront tous mes pas;
Mais changeons de difcours puis que Petrole arriue,
Et bien tous nos amis?

SCENE II.

PETROLE, CATON, PORTIVS.

PETROLE.

Seigneur, quitant la riue,
La mer auec ses flots par vn estrange effort,
Sembloit les rejeter de son sein dans le port:
Les Autans mutinez secondant sa colere,
Faisoient voir aux Romains leur cruauté seuere,
Parmy tant de perils, le plus ferme esperdu,
En perdant l'esperance estimoit tout perdu;
Mais le Ciel tout à coup en déuoilant sa face,
A rendu l'air serain auec la mer bonace;
Et le calme arrestant l'insolence des flots,
L'espoir est reuenu flatter les Matelots:
Le Pilote aduisé recognoit son Estoille
Cependant que le vent s'empoupe dans la voille,
Et guidant le tymon, d'vn soin officieux,
La flote a disparu tout à coup à mes yeux.

CATON.

Tousiours nouueaux malheurs du Ciel & de la terre,
Les hommes & les Dieux nous font par tout la guerre,
Et sans nulle esperance, ou de trefue, ou de paix,
Leur courroux poursuiura nostre sort pour iamais:
Mais puis qu'ils sont partis quelque destin prospere,
Leur sera fauorable ainsi que ie l'espere:
Nostre Statilius n'est-il point auec eux?

PETROLE.

Combatu de la crainte il faisoit mille vœux,
Pour obtenir du Ciel vne prompte assistance,
Desirant de Cesar éuiter la presence.

CATON.

O courage indompté ! race de la valeur,
Qui par de vains discours fait la guerre au malheur,
Mais craignans les effets d'vne attaque subite,
Trouue assez de secours dans vne prompte fuite,
Indiscrete ieunesse, à quoy t'amuse-tu,
D'auoir si peu de soin de suiure la vertu?
Quitons cette pensée où m'arreste cét homme,
Ne pensons plus à luy pour repenser à Rome,

Lucius entend ces deux vers.

Chere patrie, il faut faire encore vn effort,
Pour releuer vn peu ton miserable sort.

SCENE III.

LVCIVS, CATON, PORTIVS, PETROLE.

LVCIVS.

IL ne tiendra qu'à vous de voir sa destinée,
Loing du mal qui la rend par trop infortunée,
Moderez ce courage, vsez de la raison,
S'obstiner maintenant n'est pas bien de saison,
Vn peu d'humilité peut faire des miracles,
Et dissiper bien-tost tous les plus grands obstacles,
Si Cesar est vainqueur, son destin glorieux
Ne peut tant s'eleuer sans le secours des Dieux,
Au reste ses desirs sont autres qu'on ne pense,
Il ne veut que l'honneur pour toute recompense,
Loin de monter au trône & d'estre souuerain,
Il voudroit affermir le Sçeptre en vostre main;
Mais comme on sçait assez où sa belle ame aspire,
Ses interests à part, la gloire de l'*Empire*
Anime sa valeur. . .

CATON.

Lucius tes propos,
Apportent du desordre & non pas du repos:
Pourquoy dissimuler auec tant d'artifice,
D'vn barbare insolent l'orgueil & l'injustice;
Caton le considere en ses pretentions,
Et sçait assez iuger de ses ambitions,
Son ame à mon esprit se monstre toute nuë,
Dans ses plus grands secrets elle m'est trop cognuë,
Mais puis que le destin le seconde en ce point,
Qu'il regne absolument, ie ne l'empesche point,
Cependant qu'il s'éleue, il faut que ie m'abaisse,

Et que

Et que Rome deuienne elclaue, de maiftreffe.
LVCIVS.
Caton, efperez mieux d'vn heros comme luy.
CATON.
Toute forte d'efpoir m'abandonne aujourd'huy.
LVCIVS.
Son ame genereufe aime trop la clemence.
CATON.
Dieux ! pourquoy l'implorer eft ant fans nulle offence.
LVCIVS.
Sans crime on peut fouuent efprouuer la vertu,
Parmy tant de perils vous voyant combatu,
D'vne Fortune aduerfe, on a raifon de croire,
Que chercher fon falut n'eft pas ternir fa gloire,
Mon deftin a pouuoir fur le fort du vainqueur,
Ie fuis le confident des fecrets de fon cœur,
S'il regarde mes vœux, penfez que la tempefte,
N'éclatera iamais fi prés de voftre tefte;
Ainfi foyez plus ferme & n'aprehendez rien,
Si Lucius vous peut procurer tant de bien.
CATON.
Tu me prends pour vn autre eftimant qu'vn outrage,
Ne peut intereffer vn genereux courage:
Mais Caton n'eft pas tel qu'on l'eftime auiourd'huy,
Malgré tous les malheurs qui tombent deffus luy,
Toufiours femblable à foy, fa conftance ordinaire,
Ne manquera iamais à ce qu'elle doit faire;
Ainfi c'eft temps perdu de penfer que fon cœur,
Defere quelque chofe aux defirs d'vn vainqueur.
Nous le verrons pourtant, mais fans qu'aucune crainte,
Puiffe dans mon efprit donner la moindre attainte,
Qu'il vienne affurément couronner fes deffeins,
Et mettre dans les fers le refte des Romains:
Autant que la Fortune éleue fon audace,

I

Autant qu'vn mauuais fort redouble ma difgrace,
Caton demeure ferme & mefme genereux.
Pour tirer fon bonheur d'vn deftin malheureux.

LVCIVS.

Vous n'aprehendez pas le peril trop eftrange,
Où l'obftination affurément vous range,
Refolu de vous perdre, au moins ayez pirié,
De ceux qui vous font joints d'vn lien d'amitié.

CATON.

Parmy ce grand defaftre où le malheur m'engage,
Il fuffit que Caton rencontre fon naufrage,
Et pendant qu'il fubit les rigueurs de fon fort,
De grace à mes amis découure quelque port:
Des enfans, vne femme, & mefme Cornelie,
Ioignent à mes douleurs de la melancolie.

PORTIVS.

Pourquoy penfer à nous auecque tant de foin?
Pour vous trahir vous mefme en vn fi grand befoin,
Seigneur, au nom des Dieux foyez plus raifonnable,
Et ne me rendez pas tout à fait miferable,
Ou fouffrez par raifon que marchant fur vos pas,
L'honneur m'oblige auffi de vous fuiure au trépas.

CATON.

Regardez qui ie fuis & quelle eft ma conduite,
N'ayant rien à fauuer que mon peu de merite,
Si ie peux commander, qui me doit obeïr?
Quoy! dois-ie me refoudre à fuiure vn tel defir?
Portius me contraindre à cette procedure,
Contentez-vous de voir la peine que i'endure.

PORTIVS.

Helas! dois-ie obeïr iufqu'à l'extremité,
D'approuuer les effets de l'inhumanité!
Serois-ie autant barbare en ce fait fi tragique,
Que les Tigres d'Afie, & les Lyons d'Aftrique?

Quoy ? ne répugnera pas voſtre deſeſpoir,
C'eſt contenter mon pere & ſuiure ſon deuoir.

CATON.

Que voſtre reſiſtance eſt faſcheuſe à mon ame,
Et que i'ay de raiſon de blâmer cette flâme:
Pouuez-vous mécognoiſtre en quoy giſt le bonheur,
Et ce que ie dois faire à conſeruer l'honneur,
Songez plus d'vne fois que la gloire me porte,
Malgré vos ſentimens d'agir de cette ſorte.
Vous cognoiſtrez bien-toſt qu'en ce point ma valeur,
Deuoit agir ainſi pour borner mon malheur.
Lucius, mes amis ont beſoin de ta grace,
Pour trouuer dans l'orage vn port & la bonace,
Si ie peux quelque choſe enuers ton amitié,
Regarde ces objets d'vn regard de pitié,
Ie dois les conſeruer autant qu'il m'eſt poſſible,
Apren que leur malheur ne m'eſt que trop ſenſible,
N'ayant rien de ſi cher qu'vne femme & mon fils,
Empeſchons s'il ſe peut de les voir où ie ſuis;
Ta douceur a pouuoir de ſoulager ma peine,
Fais voir encor vn coup que ton ame eſt Romaine,
Defere quelque choſe à mes pretentions.

LVCIVS.

Ie veux vous témoigner beaucoup d'affections,
Et i'aurois grand deſir, touchant voſtre priere,
Que la grace enuers vous fut vne grace entiere,

CATON.

Ie n'y prens point de part ayant aſſez de cœur,
De l'obtenir pour moy, parlant à ce vainqueur
S'il n'a la dureté d'vne beſte farouche,
Lucius, il ſçaura mes deſirs par ma bouche;
Mais ſur tout ſouuiens-toy que ton cœur m'a promis,
Vn ſoin particulier pour ſauuer mes amis.

LVCIVS.

Ie vous le iuré encor.

CATON.

Ie voy que la Fortune
Commence à se monstrer vn peu moins importune,
Et ie dois prolonger la suite de mes iours,
Puis qu'en tant de malheurs ie trouue encor secours;
Ie vay me preparer à receuoir cét homme,
Que les Dieux ont choisi pour triompher de Rome.

LVCIVS.

Et moy ie veux agir selon tout mon pouuoir,
Pour donner de la paix vn fauorable espoir.

SCENE IV.

PORTIVS, PETROLE.

PORTIVS.

Rigoureuse contrainte, estrange inquietude,
Si nous sommes reduits dedans la seruitude;
Ah Rome incomparable ! Empire florissant!
Qu'vn barbare aujourd'huy rend du tout impuissant!
Ie déplore ta perte auec vn flux de larmes,
Et ton trône abatu, mais par tes propres armes.
Estat Infortuné, malheureux Citoyens,
Pour fuyr ces malheurs vous manquez de moyens,
Dieux ! Rome n'est plus Rome, & sa gloire ternie,
Courbera sa grandeur dessous la tyrannie.
Que Caton a sujet d'estre si genereux,
Pour s'affranchir du sort qui nous rend malheureux
Aussi bien nostre espoir n'a point de sertitude.

SCENE V.

CATON, PETROLE, PORTIVS

CATON.

QVoy ! Caton n'a-t'il pas affez d'inquietude?
Sans l'obliger encor par vn noueau malheur,
D'abandonner fon ame aux traits de la douleur:
Ah ! quelle cruauté de luy rauir les armes,
Preft d'eftre enuironné d'vn monde de gendarmes,
Quoy ! le veut-on encor fans deffence & fans fer,
Le liurer à Cefar qui penfe en triompher?

PORTIVS.

De grace efcoutez-moy.

CATON.

Ie n'efcoute perfonne,
Mais penfez feulement au fujet qui m'eftonne,
Reuoyez mais bien-toft, mon efpée ou ma main,
Terminera mes iours fans attendre à demain,
Et ne m'irritez pas.

PORTIVS *parlant à Petrole.*

O Dieux l'eftrange chofe!

Caton part.

De fon dernier malheur il veut eftre la caufe:
Va luy porter ce fer dont la fatalité,
Exercera fur luy trop d'inhumanité.

Petrole part.

Dois-ie perdre auiourd'huy la caufe de moy-mefme,
Ie me trouue eftonné dans ce defordre extréme,
Cruelle deftinée & malheureufe nuit,
Deuez-vous redoubler l'excés de noftre ennuy:
Mais Dieux! quel bruit confus vient frapper mon oreille

Caton fait du bruit dans fa chambre.

Sus, accourez à moy, que chacun fe réueille,

SCENE VI.

Il faut tirer vn rideau. & faire paroiſtre Caton ſur ſon lit s'eſtant bleſſé.

CATON, PORTIVS.

CATON.

Voicy cette Victime. .̈.

PORTIVS.

O Deſtins trop cruels

CATON.

Qui s'offre pour l'Empire à nos Dieux immortels!
Ne tachez point ſa gloire & ſes vertus celebres,
Par de lâches ſoûpirs & des plaintes funebres.

PORTIVS.

O pere infortuné ! quelle eſtrange rigueur!
D'employer voſtre eſpée à vous percer le cœur!
Quoy mourir de la ſorte ? ô funeſte auanture!
Qui fait trembler d'horreur. . .

CATON.

Eſcoutez.̈

PORTIVS.

La nature.̈

SCENE VII.

CORNELIE, MARTIA, IVLIE,
PHILANTE, CATON, PORTIVS.

CORNELIE.

HElas ! Caton foy mefme a traby fa vertu,
Il fuccombe aux efforts dont il eft combatu,
Quelle eftrange infortune!

MARTIA.

O funefte defaftre!
Que le Ciel nous regarde auec vn mauuais aftre.

CATON.

Donnez-moy du filence & non pas tant de pleurs,
Puis qu'ils ne peuuent point foulager nos malheurs,
Dans cette extrémité de mon heure derniere,
Laiffez-moy fans murmure acheuer ma carriere;
Faites reflexion deffus tant daccidens,
Des malheurs au dehors, des foupçons au dedans,
Vn Empire enuahy, cette ville ébranlée,
Rendoient de mon deftin l'efperance accablée.
Deuois-ie, ah dites moy!contraindre encot mon cœur
D'abaiffer fa conftance au pieds de ce vainqueur?
Si voftre iugement fçait difcerner ces chofes.
Approuuez ces effets recognoiffans leurs caufes,
Et dites que Caton s'eft rendu genereux,
Pour arrefter le cours d'vn deftin malheureux.
Vne ame magnanime eft peu confiderable,
De fouffrir la rigueur d'vn fort fi miferable;
Ainfi confolez-vous.

MARTIA.

Qui peut nous confoler,
Parmy tant de malheurs qui vont nous accabler?
Ie pers le iugement & ma raifon s'égare,
Ofant vous appeller & cruel & barbare,
D'auoir fans nulle crainte abregé les beaux iours,
De l'objet le plus fainct de mes chaftes amours.
Ah! pouuiez-vous fans moy fuiure vne telle enuie?
Et rauir de mes yeux les charmes de ma vie:
I'aprens auec regret que trop d'inimitié,
Produit ces lâchetez contre voftre moitié,
Regardez qui ie fuis & réueillez voftre ame,
A ce doux fouuenir & d'amante & de femme,
Ne vous offencez pas de me voir en courroux,
Moderant ma colere, efcoutez cher époux,
Martia vous conjure auec cette tendreffe,
Qui chaffoit d'entre nous la hayne & la trifteffe,
Deferez quelque chofe à fon reffentiment,
Et voyez par pitié l'excez de fon tourment.

CORNELIE.

Vous nous deuez ce bien pour foulager nos peines,
Retenez voftre vie & le fang dans vos veines;
Quoy? Caton, voulez-vous par ce malheur nouueau,
Porter noftre efperance auec vous au tombeau?

CATON.

Que l'amour eft puiffant! Martia, qu'on effaye,
De fermer mon fepulchre en refermant ma playe,
Ah! ie vous iure encore vne ferme amitié,
Mon cœur fe rend fenfible & cede à la pitié,
Martia croiriez-vous que l'efprit de diuorce,
M'obligeaft de quiter mon efpoufe par force,
Non, ne le croyez pas, i'ay d'autres fentimens,

k

SCENE VIII.

PETROLE, MARTIA, IVLIE,
PHILANTE, CATON,
PORTIVS, CORNELIE.

PETROLE *à Portius.*

SEigneur, Cefar arriue.

PORTIVS *à Petrole.*

O quels euenemens!
Petrole parle bas; fi Caton peut entendre,
Cét effet fi nouueau que tu me viens d'apprendre,
Se voyant préuenu, ie croy pour le certain,
Qu'vn fecond defefpoir fortira de fa main:
Mais d'où peux-tu fçauoir cette trifte nouuelle?

PETROLE.

N'en foyez pas en doute, elle eft affez fidelle,
Vtique le reuere, il marche fur mes pas,
Et fçait que voftre pere auance fon trefpas.

PORTIVS.

Quelle eftrange furprife! effet inconceuable!
Cefar de tous coftez n'eft que trop redoutable;
Vtique le réuere.

PETROLE.

Et fans beaucoup d'effort,
Son audace a cedé, recognoiffant fon fort,
Et les plus genereux ont manqué de courage,
Voyant deffus leur tefte éclater tout l'orage.

PORTIVS.

Le voicy, quel prodige!

SCENE IX.

CESAR, LVCIVS, CATON, MARTIA, CORNELIE, IVLIE, PETROLE.

PORTIVS à *cesar.*

O Grand victorieux!
Voyez voftre riual mourir deuant vos yeux.

CESAR à *Caton.*

Caton, vous auez tort, ie blâme voftre audace,
Vous offencez ma gloire.

CATON.

O Ciel ! quelle difgrace,
Ce dernier coup me tuë, ô lâche trahifon !
Cefar deuant mes yeux ! Cefar dans ma maifou!

CESAR.

Il ne vient pas icy comme voftre aduerfaire,
Pourquoy l'eftimez-vous à vos fouhaits contraire,
Luy qui n'a point de cœur finon pour vous aymer,
Quels motifs auez-vous de le vouloir blâmer?
On ne peut ignorer quelle raifon le porte,
De foûtenir l'Empire & luy feruir d'efcorte:
Pompée auoit grand tort de former des deffeins...

CORNELIE.

Parler de mon efpoux ! ennemy des Romains!
Et mefme en ma prefence ! ô fiere deftinée!

CESAR.

Taifez-vous, Cornelie.

CORNELIE.

Ah! pauure infortunée.

k ij

CESAR.

De grace escoute-moy dans mon ressentiment,
Pour aprendre l'effet d'vn triste éuenement,
On doit assez sçauoir que le sort de Pompée,
N'accusera iamais Cesar ny son espée,
Et malgré les jaloux d'vne illustre valeur,
Ie suis trop innocent de son triste malheur.
Par deuoir i'ay choqué tant de lâches pratiques,
Qui fomentoient l'horreur de nos maux domestiques,
Cesar de tous costez & les iours & les nuits,
Se trouuoit accablé de tristesse & d'ennuis,
Et iamais ma priere en toutes ces alarmes,
N'a pû vous disposer à mettre bas les armes.
I'ay parlé de la paix, on ne m'écoutoit point,
Soyez iudicieux à balancer ce point,
Et suiuant la iustice où l'équité se fonde,
Deffendez l'innocence aux yeux de tout le monde.
Ie maintiens iustement contre mes enuieux,
Qu'on deuoit s'opposer aux esprits factieux;
Au reste si Pompée est mort dedans l'Egypte,
Rapportez son desastre au malheur de la fuite.

CATON.

Cesar, que d'artifice & de presomption?
Qui ne cognoistroit pas ta vaine ambition,
Pourroit bien ignorer où ton courage aspire.

CESAR.

Ie n'ay rien entrepris qui fut contre l'Empire,

CATON.

Tu te trompe, Cesar, & nous sçauons assez,
Que ton superbe orgueil s'emporte à trop d'excez:
Ta feinte est découuerte, & suiuant ton Genie,
Tu veux ranger l'Estat dessous ta tyrannie,
Ie parle assurément, & mesme tu sçais bien,
Que Caton de Cesar ne doit esperer rien.
Mais i'ay regret pourtant dans la peine où nous sommes

Que tu fois deuenu le plus méchant des hommes,
Bourreau de ta patrie, ennemy des Romains,
Qui rougit tous les iours dedans leur fang tes mains,
Tu viens pour auancer mes triftes funerailles,
Soule toy de mon cœur, deuore mes entrailles,

Caton ouure fa playe.

Ie meurs, mais fatisfait puis que ie meurs Romain.

MARTIA.

Ah!

CATON.

C'eft à dire, libre, & de ma propre main.

MARTIA.

Caton, attendez moy, Dieux ! quiter voftre femme,
Vous viuez dans fon cœur, elle vit dans voftre ame,
Et le nœud qui nous lie eft fi ferme & fi beau,
Que l'vn ne peut fans l'autre aller dans le tombeau.

CATON *à fa femme.*

Ie meurs content.

CESAR *à Caton.*

Caton, ah ! fon ame s'enuole,
Sur l'accent languiffant d'vne fiere parole:
Que ie fuis malheureux de manquer de pouuoir,
Où ie voy triompher vn cruel defefpoir.
Martia, Cornelie, en voyant ces defaftres,
N'en blâmez point Cefar, mais les Dieux & les aftres,
Ah Caton ! ah Pompée ! ah déplorable fort!
Qui de vous ou de moy produit ce lâche effort?
Sans me iuftifier l'euenement des chofes,
En fait cognoiftre affez les plus funeftes caufes.
Iuftes Dieux, reprimez la fureur des Deftins,
Et donnez quelque trefue aux malheurs des Latins;
Qu'efperez vous de moy dans toutes ces alarmes,
Qu'vn regret eternel & des torrens de larmes,
Ie vay pleurer leur mort, meflez vos pleurs aux miens,
Car pour vous confoler ie n'ay que ces moyens.

SCENE X.

MARTIA, CORNELIE, PHILANTE, IVLIE, PORTIVS, PETROLE.

MARTIA.

N'Ayant plus d'esperance apres ce coup de foudre,
Quelle est ma destinée ! & que dois-ie resoudre !
Portius, Cornelie, & vous mes chers a mis,
Déplorez le desastre où le sort nous amis :
Voyez nostre infortune en malheurs trop feconde,
Voyez où nous reduit l'inconstance du monde,
Et puis qu'vn desespoir me rauit mon espoux,
Destins lancez sur moy vostre iniuste courroux,
La tombe estant ouuerte, & la Parque en colere,
Caton a fait trop voir ce que ma main doit faire.

CORNELIE.

Plustost consolons nous autant que les vertus,
Ont soin de releuer des esprits abatus,
Et malgré nos malheurs conceuons l'esperance,
De voir nostre ennemy dessous nostre puissance,
Apres l'auoir puny nos deux d'vn mesme pas,
Nous yrons retroüuer nos espoux au trépas.

Fin du cinquième & dernier Acte.

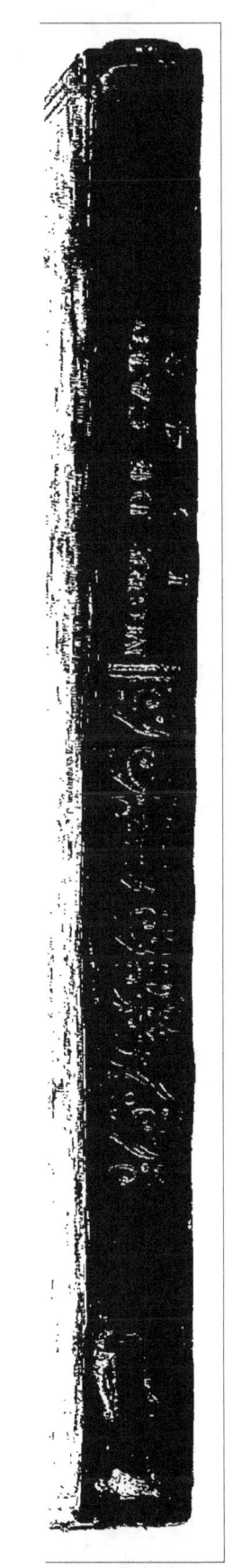

www.ingramcontent.com/pod-product-compliance
Lightning Source LLC
Chambersburg PA
CBHW060437260626
47161CB00005B/1967